CARLOS VELÁZQUEZ
LA EFEBA SALVAJE

CARLOS VELÁZQUEZ

LA EFEBA SALVAJE

OCÉANO

LA EFEBA SALVAJE

© 2017, 2025, Carlos Velázquez

Diseño de portada: Jorge Garnica

D. R. © 2025, Editorial Océano de México, S.A. de C.V.
Guillermo Barroso 17-5, Col. Industrial Las Armas
Tlalnepantla de Baz, 54080, Estado de México
info@oceano.com.mx

Primera edición en Océano: 2025

ISBN: 978-607-557-949-8

Todos los derechos reservados. Quedan rigurosamente prohibidas, sin la autorización escrita del editor, bajo las sanciones establecidas en las leyes, la reproducción parcial o total de esta obra por cualquier medio o procedimiento, comprendidos la reprografía y el tratamiento informático, y la distribución de ejemplares de ella mediante alquiler o préstamo público. La infracción de los derechos mencionados puede constituir un delito contra la propiedad intelectual. Queda prohibida la reproducción total o parcial de este libro para el entrenamiento de tecnologías o sistemas de inteligencia artificial. El autor y la editorial no se responsabilizan del uso indebido de su contenido.
Diríjase a CEDRO (Centro Español de Derechos Reprográficos, www.cedro.org) o a CeMPro (Centro Mexicano de Protección y Fomento de los derechos de autor, www.cempro.org.mx) si necesita reproducir, fotocopiar o escanear algún fragmento de esta obra.

Impreso en México / Printed in Mexico

ÍNDICE

Muchacha nazi 15
Stormtrooper 41
La efeba salvaje 71
Mundo death 95
This is not a love song 119
El resucitador de caballos 145

Para Celeste Velázquez,
big bang baby

Para Delia Juárez G.

Amo a los que se matan.
Pellejos

No hay más que ver cómo se pone esta calle en cuanto llega la noche. Todo son putas, negros, drogadictos, asesinos. Qué asco.

Terele Pávez como Rosario
en *El día de la bestia*

Muchacha nazi

Conocí a la Nazi en un antro dark. Yo había leído *Dos o tres cosas que sé de Gala*, de Gustavo Escanlar. Y fantaseaba con un romance ario. No era asiduo al Under. Uno que otro viernes de ochentas me paseaba por el primer piso por no sé qué pinche tara. Esa noche estaba ahí en busca de mi nenita punk. Pero igual y no, eh. A lo mejor era el pretexto mandado a hacer para darle mate al gramo y tontipopear hasta que se me bajara la soda. Mi otra alternativa era largarme pal depa y tumbarme tan trabado aferrado al celular por si tenía que llamar a la Cruz Roja. Estoy mejor aquí, me decía, con los putos de Human League. Pero no todo era aburrimiento. Me prendía cuando sonaban The Cure o Depeche Mode. Hasta bailaba. Con alguna que otra amante de lo retro. Con la poca gracia que me extendía el andar hasta el culo de cocaína. Como un guardameta atento al balón. Aguardando por mi punk. Que nunca caía. La Nazi apareció en su lugar.

Así como existen personas que huelen el miedo, yo olfateo el dinero. Vi a la Nazi, pero la blusa sin chiste me impidió rastrearle el linaje. Sus ojos color miel y el cabello dorado resaltaban en el antro cutre. Sin embargo, mi atención estaba enfocada en una morochita que hacía parecer que la música de A-ha había sido inventada exclusivamente para el goce de sus piernas. A punto estaba yo de aplicar la clásica de ponerme a bailar frente a ella sin pronunciar palabra cuando la Nazi me cerró el paso. ¿Me invitas un pase? Para alguien que surte su guardarropa en Estados Unidos era demasiado atenida. Aquella noche estaba en modo tacaño. Mi generosidad no contemplaba a las nenas de alcurnia. La observé con deseo. Hacía días que no cogía. Por pendejo. Me había peleado con mi noviecita punk.

La petición de la Nazi me ofendió. Yo estaba caliente. Y desesperado. Y necesitado de un culo, de un abrazo. Hacía semanas que no ligaba. Y la Nazi se acercó a pedirme coca. No preguntó por mi nombre. No si ocupaba una mamada. La droga me había puesto sensible. Por el éxodo de mi chica punk. Siempre me han latido las morritas punks. Pero la sequía se antojaba interminable. Varios viernes consecutivos, y hasta sábados, en el Under sin conseguir levantarme una. Lo único con chance de alterar el marcador era esta muchacha nazi. Pero no la tenía contemplada en la programación. Con toda la intención de deshacerme de ella, escarbé con la punta de la llave de mi depa en la bolsita de coca y se la encajé en la nariz. Era la una y treinta de la madrugada. En media hora cerrarían el local. Sudé. Por la droga. Y por culpa de la desesperación.

Así es como comienza la vejez, me recriminaba. Cuando te vas a dormir solo.

Aspiró como profesional. Ahora entendía la vocación de los cabrones germanos por invadir países. Comenzó a sonar "She's a Maniac", una de las pocas canciones con las que disfruto hacer el ridículo. Sí, lo acepto. Soy un pésimo bailador. Pero siempre voy cargado de polvo. Corrí a plantármele enfrente a la morochita. Mi aspecto tampoco era el más adecuado. Pero qué iba a decir. Detrás de esta fachada, la chamarrita de aguador es en honor a Tony Soprano, se esconde una de las colecciones de discos punks más nutridas de la ciudad. Horas trabajándomela. Horas, perra madre. Contacto visual, sostenimiento de miradas, media sonrisa. Pero la morochita me pagó con espalda. Se dio la vuelta y ai la bimbo. Si hasta nos habíamos topado en una tienda de viniles y se había abstenido de hacerme el fuchi.

Abatido, me largué al cuarto contiguo. Me aplasté en un sillón mullido que apestaba a caguama quemada. Las drogas son el libro de superación personal mejor escrito del mercado. A dos metros se encontraba la nariz de la Nazi. La historia es una farsa. Es inamovible. El cabrón que la escribe se repite. Siempre emplea los mismos argumentos. Los ricos siempre se chingan a las clases bajas. La Nazi comenzó a bailar de manera aberrante. Sus movimientos eran tan horribles como su blusa, para asegurarse de que la observaba, confesó después. Era un baile exclusivo para mí. Algún bien me habrá hecho la pobreza, pensé. ¿Estaría consciente del ridículo que hacía? Tranquila, Nazi, le telepatié, no tienes que ganarte la coca. La vamos a compartir. Tras la partida de mi punk estaba dispuesto a que las tetas de la droga me levantaran la moral. Las metas que uno no puede alcanzar, en ocasiones la coca las cumple por ti.

Suavecito, como si fuera un pasesito, así, filtradito, palmeé dos veces el asiento del sofá. La Nazi descifró la petición. Se derribó a mi lado. Si empleo lenguaje futbolero es porque estaba a punto de terminar el mundial de Brasil 2014.

Y, of all equipos, yo apostaba a favor de Alemania. Müller, Klose y compañía me habían hecho ganar un varote. No perdí una sola apuesta. En los billares la gente aseguraba que se me acabaría la suerte. Qué buena fortuna ni qué la chingada, pendejos. No era necesario ser un genio para saber que de aquella máquina de matar saldrían los campeones del mundo. Lo que sí se necesitaba eran kilómetros de necedad para continuar jugándole en contra después del siete a uno a Brasil. La final contra Argentina era en pocos días. No hubo uno solo en los billares que no me retara. Y no podía rechazarles el envite. Aposté miles de pesos. Hasta que reuní un millón. Mi primer millón. Lo había recolectado con la autosuficiencia de saber que me pertenecía. Era cuestión de tiempo para poder gastarlo.

Mi plan era comprarme un vuelo a Acapulco. Darme vida de mirrey en el puerto. Putas, droga y cocteles. Por eso tan frito. Tan ansioso. Tan nostálgico. Detestaba estresarme. Por eso ocupaba un culito. Para bajarme la angustia. Siempre me ocurría lo mismo. Jugara Santos vs América o quien se les dé la puta gana. Combatía la adrenalina con coca. Todas las emociones en general las enfrentaba con droga. No sé hacerlo de otra forma. Y cuando los nervios amenazaban con destartalarme, se me apetecía una cogidita. Es la puta enfermedad por ganar. Y nada como el triunfo de visitante.

Ah, pues qué bonita tu terapia, me sermoneaba mi punk.

Confiaba en que Alemania derrotaría a Argentina. Por más porras que le echaran a Messi, se desinflaba siempre que jugaba con su selección. Estaba en la banca rota. Si perdía no contaba con el dinero suficiente para cubrir las apuestas. Esta misma noche, me recomendé, llegando al depa te compras el vuelo a Acapulco. O huyes o te largas a festejar.

Me serví un llavazo violento. De esos que te recuerdan que estilas la nariz más jodida de la banca. Ah, qué tiempos aquellos cuando pertenecía a las fuerzas básicas. La tenía tan puteada que tiré un poco sobre mí. Le ofrecí a la Nazi su segundo saque de banda. Estaba cantado, como gol al ángulo, no me quitaría la marca hasta que le diéramos muerte a todas mis reservas. Cronometrado: nos echaron del bar al mismo tiempo que se agotó el racionamiento. Cómo aspiraba la aria, el dominio del Tercer Reich no acaba nunca.

Quién lame la bolsita, pregunté.

Vamos a ordeñarle una lana al cajero, apremió.

No sé qué vio la Nazi en mí. Aunque la respuesta es obvia. Basta mirar mi color de piel. Éramos la combinación perfecta. Ella con el genocidio en la sangre. Y yo el candidato perfecto a que lo hicieran jabón.

Esta fresa besa mal, recuerdo que pensé.

Caminamos por Insurpipol hacia la colonia Roma y en la esquina de Álvaro Obregón me lo confirmó. Maldita clase alta, nada les incumbe. Se pueden dar el lujo hasta de ser pésimos en la cama. Pero no uno. Que nació en la calle. El pobre lo único que tiene es su verga para abrirse paso en el mundo. Me besó sin abrir la boca. Sin repartir lengua. Una yelera Coleman, la Nazi. Existen cosas que nunca van a cambiar, como la cerveza caliente en el estadio. La noche de la Ciudad de México está llena de amores anoréxicos. De odios predictivos.

No sé por qué me fijé en la Nazi. Es un decir: ya expliqué que fue ella la que me fichó a mí. La noche es un *draft* interminable. Me gustó que era una morra lenta lenta. Abanderaba un silencio militar. Era un poco border. Había abusado del ácido en sus *wonder years*. Pero cuidado cuando hablaba. Sólo abría la boca con afán chingativo. El puto amo de la primera intención, la Nazi. Te despedazaba con el puro verbo. A mí no me gustan las ricas. Lo mío lo mío son las pobres. Los amores orilleros, chancleras, patas chorreadas. Son como Terminator. No importa cuántas veces las mates, siempre les va a quedar un circuito con vida. Y con ése van a volver a cogerte desde el más allá. En cambio, las rubias operadas se fabrican el mito de que son ninfómanas. Mucha cultura porno. Apenas nos enjaulamos en el cajero automático comencé a patrocinarle guante a la Nazi. Cualquiera diría que estaba buena. A mí no me lo parecía. Tenía nalgas de segunda división.

Haré una confesión que los decepcionará. Soy fan de las tetas pequeñas. Me parecen la cumbre del erotismo. Es culpa de *Playboy*. Me hartaron con el estereotipo de la rubia de las melotas. No voy a negar que siempre he sido un díscolo. Todo niño de la calle alberga un burgués en su interior. Me gusta la carne importada. Pero me aburro demasiado aprisa. Sí, soy el malparido al que sólo lo calienta apostar. Mi padre fue tahúr. Yo también porto mis *issues* en la sangre. La educación se mama en casa. Ahí despegó mi carrera. Le servía a mi padre jaiboles pintaditos en sus interminables juergas de póquer. En ocasiones no dormía en cinco noches, según se ameritara. O despelucaba a la mojarra que tenía enfrente o recuperaba todo lo perdido. Acabé de mesero en los billares. Nunca fui bueno con el taco. Pero me hice una fama apostando al futbol. Era mi pasión. Si me conocieran, meterían las manos al fuego por mí. Jurarían que no era yo quien le acariciaba las teclas a una aria en un cajero de red. Pero lo de aquella noche fue una combinación de resultados.

Una persona normal huye al ver que se le aproxima un tsunami. Yo no. Yo doy un paso al frente. La Nazi nunca sonreía. Era capaz de carcajearse como un mafioso italoamericano de la década de los cincuenta, pero no podía reír. Así como existe gente que no puede llorar, a la Nazi le amputaron la risa. Se cayó de chiquita de la cuna. La vida acomodaticia. Un trauma. Qué se yo. Pensé que se carcajeaba de mí. Lo hacía con la crueldad pagada de una actriz de teatro. Pero lo que la divertía era no recordar el nip de su tarjeta. Cuatro putos dígitos. Quién chingados olvida cuatro números. Es como la gente que no recuerda las fechas de cumpleaños. Sólo un desalmado no puede retener en la memoria por ejemplo un veintiuno de marzo. O el idiota que aparece por los billares y pregunta dónde están todos un diez de mayo.

Lo intentó y lo intentó y lo intentó hasta que el cajero se tragó la tarjeta. Cuatro pinches números. Una fecha de nacimiento basta. La tuya. O la de tus mascotas. La Nazi tenía dos perros. Yo sí que estaba atoradísimo. Había reunido un millón de pesos. Me bloqueé como el puto cajero. Por salud mental. El dinero entró como la verga. Decidí invertir sólo las ganancias de los partidos anteriores. Pero el vicio me superó. No conseguí detenerme. Recibí todas las propuestas. Anoté las cifras en una libreta sin enterarme. Como un autómata. Sepulté todo en la caja de unos tenis Panam debajo de mi cama. Hasta no verte Acapulco mío. Encima llevaba para unos cuantos gramos. Pero no estaba dispuesto a financiarle droga a nadie. Es una ley universal del cocainómano. Nunca compartas. Ya había sido suficiente con la bolsita que se sacrificó. No servía para otra cosa, la Nazi, más que para inhalar. Entonces para callarme el hocico mental dijo:

Vamos a mi departamento por efectivo.

No acepto todavía que exista gente que asegure estar enamorado de esta ciudad. Las personas tienden a ser víctimas de su propia exageración. Aquellos que declaran que la Ciudad de México es bella de noche son la clase de gentuza a la que le gustan los cementerios. Poses que se adoptan después de salir del cine tras una función de *American Beauty*. Si las cosas por estar desoladas y silenciosas fueran hermosas, entonces los cadáveres serían la cosa más linda del mundo. Es la ausencia de carácter lo que nos moldea. Tampoco entiendo a los que afirman que no podrían vivir en otra parte. El día que se te hinche te largas sin mirar atrás. Como yo, que planeé un viaje a Acapulco.

Pinche vieja, estacionó su coche a cuatro kilómetros.

Nunca podría vivir en esta colonia, confesó. La Roma huele a caca.

Caminé con un firme propósito. Tan pronto como me cepille a esta morra, voy a desaparecer entre el olor a mierda. Sin involucrarme. Flor de profesional. Todo doctor Frankenstein. Coser un retazo aquí y allá, extremidades, órganos. Y chau. Mándame la cuenta a la casa. Acostumbrado a caminar estoy. No se me juzgue. Era su (si podemos llamarla así) lógica lo que me desconcertaba. ¿A tal distancia el coche no se apestaría?

Subrepticios, nos internamos en la Del Valle, una de las colonias fachas por excelencia, de madrugada.

Yo no podría vivir aquí, pensé en voz alta.

Suerte que está oscuro, mencionó la Nazi, durante el día te exterminan.

Lo pronunció mitad en broma mitad en serio. El típico humor hiriente de la Nazi. Sin emoción en la voz. Te escupe pero te limpia. El humor que convino que comenzara a sentirme cercano a ella. Ingresamos al departamento por la puerta de servicio. Digo ingresamos porque a un sitio como ése no entra uno. No se desliza. No se interna. A mí me ingresaron. Por mi pie jamás habría entrado, a no ser que allanara. Me recibió una alacena digna de Don Draper. Había un regimiento de botellas para organizar una campal de cocteles. Latería: palmitos, aceitunas, alcaparras, espárragos, cebollitas, atún, chipirones, paté. Parecía una tienda de ultramarinos. Hasta cerezas naturales para preparar un Old Fashioned.

Me demoré auscultando la colección de tés. Eran una fortuna a considerar. No sólo por lo que había pagado por ellos. También por los boletos de avión a todo el mundo para adquirirlos. Me intimidó tanto conocimiento. Requería la misma destreza que el apostador a las carreras de caballos. Siempre he odiado a los perros de departamento. Son molestos como las enfermedades venéreas. Los de la Nazi, dos chihuahuas, mecánicos, me incordiaban con sus ladridos de juguete mientras me entretenía con las etiquetas de los tintos. Abundaban los italianos. Una enciclopedia del mal, la Nazi. En mi vida (fui mesero y barman una época) había conocido sujetos que esgrimían una cultura en vinagres franceses, chilenos o argentinos. Nunca me topé con alguien que circulara por los italianos como quien pasea en bicicleta.

Acaba con todo, nené, se apiadó la Nazi, pronunció nené, así, con tilde en la última e. Sólo no te bebas el vino blanco.

Un montículo de cash descansaba desperdigado sobre la cama. Soy pésimo para calcular, así que le pregunté a la Nazi cuánto dinero era.

Como ochenta mil, balbuceó con desdén.

Su celular la abdujo. Me recosté sobre el cash. Pero no estuve ni cerca de lo que sintió Huell cuando se acostó sobre los millones de Walter White. No lo experimentaba ni en mi propio colchón. Ocultaba el dinero de las apuestas debajo de la cama. Mi pasaporte descansaba encima. Como una cereza buceando en un martini.

Qué haces, incordié.

Busco el número de mi díler, atajó. No lo encuentro. Es que no lo tengo registrado.

Maldito delicado tacto de la burguesía. Son capaces de asesinar a su familia pero los espanta guardar en sus contactos el teléfono de un proveedor de felicidad.

Yo le hablo al mío, aguanta, le dije.

Mi dylan es todo un gentleman. Rolex, auto del año, perfume Contradiction de Calvin Klein. En media hora estaba afuera del depa de la Nazi.

Éstos no son tus rumbos, al tiro, no te vayan a acusar de robo, se despidió.

Sobre la mesa de cristal preparé dos pares de rayas violentas. Aspiré mis paralelas al mismo tiempo. Con un billete en cada orificio de la nariz. Me sentí Lothar Matthäus.

No cogía mal, la Nazi. Sin tapujos. Le sobraba existencialismo. Fui dedicado hasta donde lo permitía la situación, pero eso no evitó que pensara en el gol de Schürrle a Brasil mientras me venía en sus tetas. El errequinsazo que se impactó en el travesaño y embarazó la red. No existe peor molestia postcoito que un par de perritos a los que nunca se les acaba la batería arañando la puerta de la recámara. Ábreles, no seas cruel, deslizó la Nazi. Para estar tan deshumanizados, son bastante sentimentales estos alemanes. Es un mito que la coca anestesia las emociones. Los perros me lamieron los dedos de los pies hasta quedarme dormido.

Corría sangre menonita por las venas de la Nazi, se embarró desodorante sin visitar la ducha. Cuánta sofisticación. Y uno que al guachar la sección de sociales se imagina una vida de spas, jacuzzis de leche bronca e inmersiones de cuerpo entero en lodo y cerveza. La noche anterior, al bombeármela, había notado el olor a sudor añejo. No me molestaba. Pero mientras se vestía supe que tenía un buen número de días sin removerse la mugre. Ah, la clase alta, tan deleitosamente impredecible.

Habíamos despertado a las dos de la tarde. Todavía no me despejaba las lagañas y ya había planeado el día.

¿Te gusta la comida coreana?

Al meterme a la regadera me atacó la solidaridad para con la Nazi. El departamento era inmenso. Se podía patinar o jugar básquet en la sala. Contaba con cuarto de invitados. Con cuarto para la servidumbre. Pero el baño parecía cápsula espacial. Lo digo por los canceles. Porque la sensación que te invadía dentro era la de estar en un sarcófago en posición vertical. Era demasiado tarde para escapar de esa cámara de tortura. Me había remojado medio cuerpo, pero me asaltó un impulso campirano de seguir a la Nazi por el sendero de El Ecoloco.

Nos metimos a un restaurant de la calle de Londres. Nuestra mesera no hablaba español. Tuvimos que ordenar con mímica. La Nazi pidió soju. Éramos los únicos mexicanos en el local. En las pantallas transmitían una repetición del mineirazo. El gol de Müller me hizo acariciar con la mente el botín bajo mi cama. Mis nervios se desgastaban conforme la final se aproximaba. Me sentía a gusto con los coreanos. Nos ignoraban con deportismo de potencia mundial. No existíamos. No nos escuchaban. No nos observaban. Tenían el espacio dominado para no cruzar una mirada con nosotros ni por error. Me embriagué como un fantasma.

La Nazi pagó todo. Y malagradecido estuve tentado a plantarla. Con la excusa de levantarme a orinar, largarme del restaurant. Pero me quedé.

La reconciliación no figuraba en el menú. Mi nena punk continuaba desaparecida. No contestaba mis mensajes. Regresé a la casa de la Nazi por despecho. Nos habíamos mamado tres botellas de soju y como un cartón de cerveza entre los dos. Me serví un saque de banda con el ímpetu de un Toni Kroos, pero no se me cortaba el pedón. Y la Nazi había encargado un soju para llevar. Destapó la tella y nos servimos unos caballitos. Pinche espíritu alemán, qué difícil es seguirle el paso para nosotros los hijos del nuevo mundo.

Vamos a poner música, dijo.

Temí que amenizara la pachanga con discos de 33 revoluciones con discursos del Führer. Pero no. Puso a Yuri. "Tómame, déjame, cómprame, véndeme, átame, suéltame, quiéreme, olvídame. Tú siempre contento, mas te amo te amo. Yo te amo te amo". Qué gustito tan sarro el de la Nazi.

Tanto estudio en el extranjero para qué. El dinero invertido en su educación tirado a la basura. Detrás de todo discípulo del Tercer Reich se esconde un adorador del pop ochentero.

El iPhone de la Nazi comenzó a vibrar. Era su madre. Aproveché que se escabulló a la cocina a contestar para usar su computadora. Compré un boleto de avión para Acapulco. Despegaba una hora después de que se terminara la final. No sé por qué esperé a que la Nazi se descuidara para adquirir el vuelo. Sospecho que me estaba prendando de ella. No le debía nada. Ella no conocía mis planes. No sabía nada del dinero. Hacía menos de veinticuatro horas que nos habíamos conocido y yo ya estaba mintiéndole como si fuera mi esposa.

Qué haces, me preguntó al volver.

Voy a poner otra música.

Le di *play* a un disco de Soda Stereo.

Qué tienes que hacer estos días, averiguó con malicia infantil.

Nada hasta la final del mundial. Por qué.

La señora Bradfield se va de viaje.

Quién.

La perra de mi madre.

¿Bradfield es alemán?

Es su apellido de soltera.

La Nazi me invitó a Malinalco. Su familia tenía una propiedad para descansar los fines de semana. No era mala idea abandonar la Ciudad de México unas horas. Nadie estaba tras de mí. Nadie en los billares maliciaba que yo había reunido un melón. Y nadie era tan brillante como para sacarme cuentas. Había sido un error permanecer junto a la Nazi. Y como sabemos, los errores hay que conducirlos hasta el final. La señora Bradfield volaba rumbo a Texas y su hermana tenía una boda en Cuernavaca. Disponíamos de la mansión a nuestro antojo. Mi condición de niño de la calle embelesaba a la Nazi. Y a mí tanta opulencia me tenía mareado. Tenía sembrado bajo el colchón un millón, pero como todo pobretón sólo me naufragaban veinte pesos en la cartera. Le dije a la Nazi que aceptaba acompañarla a Mali, pero que comprara cocaína.

Márcale al díler, enfatizó.

El fallo radicó no en seguir pimpeándome a la Nazi, sino en la mala decisión que tomé respecto al destino del dinero. Se mantenía a salvo bajo mi cama. Su seguridad no me preocupaba. Si perdía la apuesta de todas maneras me largaría con el varo, así que lo que ameritaba era pasar por el billete, llevarlo a turistear por Mali y, después de que me aburriera de la Nazi, desvanecerme. No ocupaba demasiado espacio, una caja vacía de tenis Panam era su residencia. Con el pretexto de un cambio de ropa, la Nazi habría conducido hasta mi depa. Lo habría refundido en mi mochila y la Nazi no se habría enterado. Pero me apendejé. Puede que fuera porque me estuviera enamorando o porque junto a la Nazi era cuando menos lo extrañaba. Nada me faltaba.

Abastecidos de coca, con los perros en el asiento trasero y un Pollo Río nos lanzamos a Mali. Pasamos a mi departamento por un cambio de ropa limpia. Y porque necesitaba echarle un vistazo al dinero. Antes de abandonar la ciudad nos detuvimos en una tienda de artículos deportivos. Salí con la playera de la selección alemana puesta. Durante el trayecto intercalábamos tragos de cerveza con besos con pases de coca con pistaches con aceitunas con palmitos que habíamos extraído de la alacena. Nos desplazaríamos pocos kilómetros, pero reunimos provisiones como si fuéramos a cruzar el desierto de Sonora. En la carretera recibí una llamada. Era mi chica punk. Buenas noticias. Hablaba para informarme que estaba saliendo con otro. Respondí con monosílabos y la conversación se interrumpió porque me quedé sin señal. El entusiasmo inicial en mi voz al contestar había puesto a la Nazi en alerta.

¿Era tu novia?

No, mentí, no tengo novia.

¿Quién era?

Mi casera, tenía que entregarle hoy la renta.

Ay, sí, ajá.

No perdí oportunidad para blandir la espada de mi miseria. Maldita precariedad, etc. Para no escuchar mi pataleta, la Nazi encendió el estéreo. Comenzó a escupir a Daniela Romo. "Fíjate, fíjate, en tu secretaria. Ay señor, qué dolor. Pobre secretaria. Pídele que copie cien mil veces yo te amo". La quité a la chingada y puse *Amor amarillo*. Entonces la Nazi estalló.

Me caga Cerati, me caga Soda Stereo.

No lo soporté. Se había metido con algo sagrado. Estaremos de acuerdo en que es causal de divorcio. Le exigí que detuviera el coche. Caminaría de regreso hasta la civilización. Se negó a abandonarme a orillas de la autopista y comenzó a chillar. Qué podía pasarme. Yo estaba bien curtido. Después de pasar 48 horas en el Torito era intocable. Nada podía hacerme daño. Ni una nena punk, ni una muchacha nazi, ni la oscuridad de la carretera. ¿No les digo? Todo lo que nos contaron sobre los alemanes es falso. No son tan duros como presumen. Ofreció depositarme en la central de autobuses. Dos casetas después la coca me había puesto tan duro que me ablandó. Nos detuvimos en el súper. La Nazi entró a comprar cigarros. En lugar de alejarme del coche corriendo como Forrest Gump me metí otro pasesín. Perdóname, Joachim Löw.

Entramos a Malinalco al anochecer. Las broncas, las paradas a miar y el tráfico nos habían retrasado. La mansión era un parque de diversiones para alcohólicos. Tenía piscina, caballerizas y un jardín de dimensiones tales que los Yankees podrían hacer allí sus prácticas. Pero lo más imponente era la cava. Qué reserva. Era como la Biblioteca Vasconcelos, pero de vinos. Destapé un tinto y me sumergí en la alberca. Los perros se dedicaron a corretear por el pasto. Encendimos la chimenea. Era pleno julio. Pero los veranos en Malinalco son una patada en los güevos. El clima se emberrincha. Se pone más temperamental que la Nazi bajo los efectos de la bebida.

Cógeme, me pidió.

No se me va a parar, le confesé.

Too much cocaine, mutha fucka?

Tengo más cal en las entrañas que una fosa clandestina.

No problem. Follow me.

En la habitación de la señora Bradfield había un clóset embarazado de ocho meses de cajas de Viagra. Parecían las reservas del set de una peli porno. La Nazi me había contado que su padre había huido con su secretaria cuando ella tenía quince años. La cosecha de clichés de la clase alta nunca se acaba. ¿El cargamento pertenecía entonces al novio de la señora Bradfield? No me interesó investigar la procedencia de todo aquel medicamento pitufo. Si no tendría que indagar también por qué en la cocina había una gaveta repleta de carne seca o qué papel representaba en la comedia media tonelada de jabones veganos en el baño del segundo piso y qué güeva. Era la primera vez en mi perruna vida que me estaba dando los lujos de George Best para hacerle al sabueso.

    Nos encerramos a ponerle yorch. Puse musiquita para sonorizar el pimpeo. Tardé más de dos discos en eyacular. No podía concentrarme. No por culpa de la coca. Eran los perros. En su desesperación por entrar a la habitación arañaron la puerta hasta descarapelarla. Cuando la Nazi vio aquello se puso histérica.

    Mi mamá se va a emputar, gimoteó.

    Mañana lo reparo, dije y destapé una cerveza.

    No. Ahora.

    ¿No puedes esperar a que amanezca?

    Tú no entiendes. Mi madre odia a mis perros. Si se da cuenta no me va a permitir traerlos a Malinalco nunca más.

    Son las once de la noche. No voy a encontrar una ferretería abierta.

    Detrás del cuarto donde guardamos la leña está la covacha donde guardamos la herramienta. Ahí seguro hay pintura.

    Al rebuscar con una lámpara me vi a mí mismo en la carretera levantando el dedo. No me parecía descabellado. Encontré estopa, aguarrás, barniz y una brocha. Mientras arreglaba el desmadre de los perros me cayó el veinte de cuánto miedo le tenía la Nazi a su madre. No la culpo. Yo también temblaría de pavor si hacía enojar a la persona que me heredaría su fortuna. Ella y su hermana eran esclavas de la voluntad de la señora Bradfield. Pero a mí ya me estaba cansando toda aquella locura.

Se acabaron las cervezas, le dije al terminar de darle una segunda capa a la puerta.

¿Ves aquel cuarto?, preguntó. Allí quedan algunas. Ve a traer.

Encendí la luz y me topé con la bodega de un expendio. Cartones apilados. Había de todas las marcas. Escogí unas Modelo Especial de botella y las metí al refri.

Qué lástima que no haya señal de televisión. Podríamos ver el partido aquí, dije.

A la mañana siguiente encontré a la Nazi llorando.

Me vas a abandonar, me reprochó.

Me había quedado dormido a la intemperie con los audífonos puestos. Consumiera coca o no, siempre me arrullaba con repeticiones de goles en YouTube. La encontré frente a la chimenea. Había descubierto que me había comprado un vuelo a Acapulco al revisar el historial de su computadora.

¿Te vas a ir con tu chiquita punk, no?

Me confesó que mientras barnizaba la puerta había revisado mi celular y leído todos los mensajes.

Cómo es posible, me pregunté, que la Nazi perteneciera a la misma raza de mis héroes Neuer, Schweinsteiger, Schürrle.

Vente conmigo, le dije sin pensar.

No le conté sobre el dinero. Decidimos mandar a la mierda mi boleto de avión y que nos iríamos juntos a Acapulco en su coche. No sé si culpar a la cocaína o al futbol, ya mencioné que los errores hay que llevarlos hasta el final. Si no había huido antes con el dinero era por mi profundo amor al juego. No era lo mismo ver la final desde Guerrero que salir de la Ciudad de México mientras Alemania alzaba la copa. Nunca he entendido a la gente que apuesta en la última carrera en el hipódromo y se marcha a casa. ¿Y la adrenalina? El subidón que experimentas cuando tu caballo cruza la meta o el descalabro en el caso de no ganar. Por supuesto que existía la posibilidad de que Alemania perdiera. El mundo entero aseguraba que Messi produciría un milagro. Pero desde que me había cruzado con la Nazi, el miedo me había abandonado. No la estaba usando como un amuleto de la buena suerte. El acceso a su nivel de vida se me convirtió en un vicio. Como la coca y las apuestas.

Cógeme, me pidió la Nazi, y tuve que darle otro pellizquito a la cava de Viagra.

Cometí la estupidez de venirme adentro de ella. El gesto la orilló a llevar las cosas al siguiente nivel.

Vamos a casarnos, me dijo.

No aguanté más y cometí la idiotez de confesarle lo del dinero. No quería aceptarlo, pero era demasiada carga, para alguien pobre como yo, tener un millón de pesos y no poder contárselo a nadie. Si me sinceré con la Nazi fue porque si como decía nos detendríamos en el primer registro civil que encontráramos, qué caso tenía que sobreviviera el secreto del dinero.

El resto de nuestra estancia nos dedicamos a coger y a saquear las reservas de alcohol de la señora Bradfield. El domingo tempranísimo subimos a los perros al auto y volvimos a la ciudad.

Escuché el rugido de una sirena. Observé la calle pero no transitaba ambulancia alguna. El sonido provenía del mismo coche. Como era su costumbre, la Nazi monopolizó el estereo con su pop ochentero. "Delincuente soy, delincuente soy, delincuente soy / yo quiero escaparme / pero tú me atrapas / con esa mirada que me enciende todo, que me vuelve loco y no puedo escapar", cantaba Pedrito Fernández. Ahí me percaté de que mis deseos de abandonar a la Nazi eran irrompibles. Si pensaba que pasaría el resto de mi vida escuchando esa mierda, estaba equivocada. No lo soportaría. Perdería la cordura con el soundtrack de esa maldita década. La salud de mis oídos estaba en riesgo.

Me despedí de la Nazi afuera del World Trade Center.

Nos vemos en una hora en mi casa, me dijo.

Mientras ella preparaba su maleta, yo recogería el dinero. Veríamos el partido en un bar de Insurgentes y terminándose partiríamos hacia Acapulco.

Me atormentaban los nervios como si fuera a tirar un penal. El varo estaba en su lugar. Respiré con alivio y miré al cielo, como cuando el test del VIH da negativo, y experimenté una euforia parecida a la de si hubiera sido fichado por el Dortmund. Acomodé el millón en un morral Adidas y me cambié de calzones. Le eché una última mirada al departamento y me dispuse a salir. Sentí una inyección de presentimiento. Como si alguien estuviera del otro lado de la puerta. Pero no había nadie. Ni punks, nazis, asaltantes o ludópatas. Sin embargo, la cerré desde dentro. Fui hasta el refri y saqué una cerveza. Me la bebí con lentitud y devolví los billetes a la caja de Panam.

Salí del edificio y comencé a caminar sin propósito. No sé cuántas calles después entré a una cantinita y pedí una cerveza. Todos en el lugar estaban con la selección argentina. Yo traía mi playera de Alemania, pero debajo de la sudadera, que no atreví a quitarme. A las dos de la tarde los equipos saltaron a la cancha y recibí un mensaje de la Nazi.

Dónde estás, *das Kleinkind*.

No le respondí. Me marcó y la envié a buzón. Diecisiete llamadas perdidas después dejó de insistir. Si algo había aprendido durante aquel mundial, y de otros partidos y del futbol en general, es que los alemanes nunca pierden. En aquellos momentos la Nazi iba rumbo al aeropuerto. Podría apostarlo. En los billares se estarían preguntando lo mismo. Dónde chingados me había metido. Conforme avanzaban los minutos el partido se convirtió en una tortura. Qué le ocurría a Alemania. O marcaba un gol o Argentina produciría el milagro latinoamericano. En el futbol o en la vida nunca cantes victoria antes del silbatazo final. El ejemplo es la Nazi. Ya me tenía envuelto en celofán y miren.

Se fueron al medio tiempo cero a cero. Recibí un mensaje. Qué sorpresita. Era mi ex punk.

Quiero verte, pedía.

No contesté. Ni madres. Era un distractor. El dinero lo despilfarraría yo solo. El encuentro se reanudó y la situación no mejoraba. La maquinaria de hacer goles alemana se había achicado. El mundo entero esperaba la genialidad de Messi. Pero nunca llegó. Ni que fuera Maradona. El partido terminó empatado. Y se fueron a tiempos extra. Estaba consciente de que la Nazi no se daría por vencida. Sabía cuál sería su siguiente movimiento. Al comprobar que no había tomado el vuelo se iría en el coche hasta Acapulco. Lo último que necesitaba era topármela en la costera con los dos perrillos caguengues en sus brazos. Así que el destino estaba descargado. No tuve que quebrarme la cabeza para decidir a dónde me largaría acabando el Mundial. En un capítulo de *Los Simpson*, Krusty el payaso había afirmado que Tijuana era el lugar más feliz sobre la tierra. Y si lo había dicho Krusty debía ser verdad.

En el minuto 112 Alemania dejó claro que los partidos se ganan con futbol, no con fe. El gol de Götze puso fin a tanta plegaria. Grité como si me estuvieran extirpando una bala con un cuchillo caliente y sin anestesia y me revolqué por el piso. La gente me miraba asqueada. No me creía ario. Ni que fuera la Nazi. Era agradecimiento puro. Desde que Alemania se había presentado al mundial de Brasil 2014 sólo me había hecho ganar. Era la primera vez en mi vida como apostador que llegaba tan lejos.

Salí de la cantina y caminé de retache hasta el departamento. Tomaría el dinero y ahora sí me subiría a un taxi con dirección al aeropuerto. Compraría el primer vuelo a Tijuana. A estas alturas la Nazi ya no estaría ahí.

Encontré la puerta del edificio abierta. No era una buena señal. Subí las escaleras en un sprint. Habían violado la puerta de mi depa. El dinero había desaparecido. Sentí un desprendimiento en el esternón. Me habían perforado la red. Me habían metido gol de último minuto. Comencé a barajar en la mente la identidad del posible culpable: el cantinero de los billares, la punk, ladrones. Estaba a punto de echarme a llorar. Era ridículo. El millón estuvo a salvo todo el tiempo que no estuve en la ciudad. Qué casualidad que regresé y se esfumó. La Nazi se había apoderado de él. No tenía dudas. Un mensaje que me llegó en ese instante me lo confirmó.

Te veo en la estación Balderas, debajo del reloj, en veinte minutos.

Corrí al metro pensando en el choro que le fabricaría. Tenía a mi favor que el dinero ella lo encontró bajo la cama.

En qué departamento vives, me había preguntado el día que me llevó a recoger la ropa.

En el 302, respondí sin meditarlo. Un apostador jamás debe traicionar sus instintos. Cuando lo hace, así le va.

Podría inventarle miles de excusas. Pero la Nazi no era pendeja. Lo primero que me recriminaría era no haberle devuelto las llamadas y los mensajes. Le refrendaría la promesa de amor y recuperaría el dinero. Estaba seguro de que podía convencerla. Mientras realizaba un transbordo recordé que en casa tenía una pistola de juguete que parecía una réplica tan real que quizá me habría servido para espantarla. Era demasiado tarde para regresar por ella.

Bajé del vagón y la Nazi no estaba. Cuando el metro se movió la divisé en el andén de enfrente, dirección Indios Verdes. Reconocí el morral Adidas. La Nazi me observaba emputada. Cuando el convoy comenzaba a aproximarse se acercó a la orilla del andén y vacío el contenido del morral. El metro barrió con el millón. El varo se esparció como virus. Los usuarios comenzaron a arrebatarse el dinero. Un billete de doscientos pesos voló hasta mí. Brinqué como si fuera a dar un cabezazo al arco y lo atrapé. Cuando el convoy se puso en marcha la Nazi había desaparecido.

Vagué por el centro de la ciudad durante horas. Se me ocurrió volver a los billares, pero ahí era un ganador y nadie se tragaría mi historia. Moría de hambre. Pasé por una taquería pero me resistí a gastar dinero en comida. Entré a un café internet y me metí a la página de Caliente, el casino. Aposté los doscientos pesos a la ruleta. Mientras esperaba el resultado me reproché que a mí ni me gustaban las güeras, que lo mío eran las morenas.

Stormtrooper

Rober anhelaba un hijo. Pero procreó dos nenas. Después se practicó la vasectomía.

Los borrachos sólo conciben niñas, le recriminó su abstemio padre.

Confunde sabiduría con senilidad, se quejaba Rober con Carmela.

Su teoría es comprobable, amuinaba su esposa. Tu hermano tiene escuincla, tu compadre, tus compañeros. Y todos son unos pedotes.

Es pura coincidencia.

Y están bien puercos.

Mi papá es de los que creen que un calzón con caca alivia la torcedura de cuello.

Pues mira al vecino, no bebe, está delgado y tiene un varoncito.

Ese pinche Ned Flanders sin talento qué.

Estás muy tripón, Rober, deberías tomarte el licuado Dietalife. Mi mamá ha perdido siete kilos.

No jodas.

Carmela y Rober se habían conocido en la prepa. Él era un promotor del romance, ella una fanática del empalagamiento. Se hicieron novios desde el primer día. Derramaban melcocha con generosidad.

Pompito.
Cloroforma.
Dulcineo.
Papalota.
Amapolo.
Cuasimoda.
Capoeiro.
Bombona.

Los designaron pareja del año. También rey y reina del baile. Nadie dudaba que fueran a casarse. Pero Carmela deseaba ingresar a la universidad. Su prioridad era estudiar nutrición. Rober no ambicionaba una carrera. Su meta era trabajar en la cervecería, como todos en el barrio. En sexto semestre, antes de graduarse, Carmela descubrió que estaba embarazada. Pospuso sus planes de cursar la licenciatura en nutriología. Rober metió solicitud de empleo en la cervecería y lo contrataron como chofer repartidor. Meses después nació su primera hija.

Rober no era insensible al chantaje emocional de los comerciales de la televisión. Se agüitaba cuando observaba un anuncio de la misma cervecería para la que laboraba. En pantalla un padre y su hijo pateaban un balón.

No puedo quejarme, mi vida está con madres, se reprendía.

Amaba su trabajo. La empresa le regalaba cartones de cerveza y podía comprar toda la que se le hinchara con descuento especial. Cada fin de semana asaban carne.

Su relación con Carmela servía de ejemplo para su círculo de amistades.

Aprendan de Rober, presumía su comadre, es bien cariñoso con su mujer.

Pinche mandilón, lo acusaba su compadre. Eres una vergüenza para el gremio.

El enamoramiento atravesaba por la etapa de cambiarse los nombres. Durante seis meses ella fue Eduviges y él Genovevo. Luego ella Cleotilde y él Serapio.

Entonces se mudó al barrio Ned Flanders. Justo a un lado de su casa.

Tenemos nuevo vecino, le informó Carmela al llegar él del trabajo.

Es un amanerado.

Ay, no seas malintencionado, ni lo conoces.

Lo vi en la mañana cuando salí.

Está casado.

Eso no le quita lo pipián.

Es requeteamable. Vino a presentarse. Se llama Alfredo.

Todos los Alfredos son reputos.

Desde que lo vio descargando cajas de Dietalife le cagó la madre.

Ese pendejo no será mi amigo, pensó con convicción mientras esperaba a que se calentara el motor de la camioneta.

Un domingo Rober organizó una carne asada para festejar que lo habían ascendido a supervisor. Mientras prendía el carbón observó a su vecino destapar un refresco. Encabronado, se dirigió a la cocina por las agujas regias.

¿Ya viste quién está en el patio?

Sí, el vecino.

Ya ni la chichis.

Lo invité. A él y a su esposa.

Pero es mi celebración.

No te pongas chucky, Pomponio, no te ajusta. Tú eres un anfitrionazo.

No existe nada como el animal muerto, dijo el compadre al ver a Rober aproximarse con la carne.

Aventó unos trozos al asador, les espolvoreó pimienta y con la mano les embarró sal de mar, con un movimiento erótico, como si masajeara unas nalgas.

Así he visto que le hace el chef Oropeza.

Mi amá dice que ese güey prepara puras cochinadas, dijo el compadre.

Pos como todos los que salen en la televisión.

También el Aquiles Chávez es bien malhechote.

El único chingón es Anthony Bourdain.

El vecino se aproximó con un jarro escarchado.

¿Es Dr. Pepper?, le preguntó Rober.

No, contestó el vecino, el refresco es para mi mujer. Es una michelada con agua mineral.

Rober y su compadre lo miraron intrigados.

Perdón ¿es todo lo que le va a poner a la carne, vecino?, consultó Fredo.

A qué te refieres.

¿Sólo sal y pimienta?

No le hace falta más. Así queda matona.

Yo tengo una receta para marinado con mostaza y cerveza. Cuando se le ofrezca.

No, gracias. La mostaza le quita el sabor a la carne.

Fredo no insistió y se retiró.

Nunca discutas con metaleros, aficionados del Real Madrid, militantes de Morena o cabrones que le untan mostaza a los cortes, le dijo Rober a su compadre.

Comenzó a sonar una canción de Aerosmith. Era una balada.

Nuestra canción, le gritó Rober a Carmela. Súbanle el volumen.

Fredo se acercó a Rober y le preguntó si podía poner otro estilo de música.

¿No te gusta el heavy metal?

Llevamos dos horas escuchando lo mismo.

¿Tú que escuchas?

Pensaba poner a Roberto Carlos.

En esta casa sólo se escucha heavy metal. Le da mejor sabor a la carne que la mostaza.

¿Podemos bajarle al volumen? Aunque sea un poquito.

Le voy a dar un consejo, vecino: no discuta con metaleros.

Pero tú eres metalero.

Por eso, no discuta conmigo.

La reunión se había dividido. En un extremo puros batos y en el opuesto las mujeres. Fredo se incorporó al segundo grupo. A las nueve de la noche la esposa del vecino se disculpó y se marchó a su casa. No se desvelaba. Fredo permaneció una hora más platicando con Carmela. Rober no era celoso. Nunca se había mostrado inseguro. Y tampoco desconfiaba de Carmela. Pero observarla con el vecino lo molestaba. A las diez en punto, Fredo se despidió.

Ya se fue Ned Flanders, dijo Rober, ora sí, trépale, hasta que nos sangren los oídos.

Te desconozco, Roberto, le dijo Carmela antes de dormir. Fuiste muy grosero con el vecino.

No tengo nada que ver con ese sujeto.

Tampoco con la mitad de mi familia y nunca has sido tan rudo.

Vamos a olvidarnos del vecinirijillo, dijo Rober.

Van a decir que somos unos maleducados.

Mi amor, quiero decirte algo, la interrumpió.

Qué pasó, Roberto.

He estado pensando que ahora que me aumentaron el sueldo quiero tener otro hijo.

¿No crees que deberíamos esperar más tiempo?

Mira, la nena ya va a cumplir dos años. Es buen momento. Para que se hagan compañía. Mi hermano me lleva nueve años. Tuve una infancia algo solitaria.

Mentiroso, tus papás te chiqueaban bien recio.

Sí, pero no es lo mismo.

No lo sé. Estoy agotada. Sería el doble de trabajo.

Contratamos a una señora para que te ayude de tiempo completo. Ya podemos darnos el lujo de pagarla.

La verdad sí lo he pensado. Y qué mejor que ahora. Mi mamá dice que la gente debe tener hijos joven, antes de que se le canse el caballo.

Quítate el parche.

¿Orita?

Sí.

Estás muy borracho, Rober.

No tanto como para no darte una pimpeadita.

Bueno, apaga la luz.

Le pone cátsup a todo. A las quesadillas, a los totopos, a los frijoles charros. Lo estuve fildeando.

Quieto, Gurrumino. Es sólo una carne. Un gesto de buena ondez.

No, es una pinche carne con mostaza.

La trajo para que la probara.

Ni se te ocurra, te vas a contagiar de sus costumbres raras. Seguro es de esos que cuando les sirven un güevo estrellado primero se come la clara y hasta el final la yema.

No te agites, Pánfilo.

No me cuadra que aparezca cuando yo no estoy. Qué quería el modosito ese.

Ven, siéntate, Anastasio, te voy a contar.

Rober tiró la carne con mostaza a la basura.

Resulta que Fredo es distribuidor de Dietalife. Vino a proponerme que ofreciera la malteada aquí en la colonia.

Achingá, que ponga a su vieja.

Su esposa y su suegra atienden un puesto afuera de un gimnasio.

Pero si hace días me pedías que contratáramos una chacha.

Sería aquí en la casa. No es matado. Son puros polvos.

No quiero que desatiendas a Sofía y a Sasi.

No las voy a descuidar, Alpargato.

Preferiría que te concentraras en la familia, mi amor. Vamos a ser cinco y…

Pero sí todavía no me preñas, machote.

Con mi salario alcanzamos. ¿O te falta algo?

Nada, Archivaldo.

¿Entonces? ¿Te aburres mucho o qué?

No es eso, Hermenegildo. Es la espinita que traigo clavada con la nutrición.

Por qué mejor no entras a estudiar para chef gurmet. A la chingada la salud. Que viva el colesterol.

Tienes razón, Casimiro, me voy a dedicar íntegramente al hogar.

No peles al pendejo de Ned Flanders.

Te lo prometo. Pero tú prométeme que no le dirás nada, Primitivo.

Ta bueno, pues.

Ándale, ya embarázame, semental.

Fredo abrió la puerta y se topó con la jeta larga larga larga de Rober.

Vecino, pásese pásese, invitó modoso.

Más que una casa parecía un almacén.

Perdone el desmadre, vecino. Acaban de caer los pedidos.

Rober persiguió a Fredo por un pasillo formado por pilas de cajas con el logo de Dietalife. En la cocina le ofreció una cerveza.

¿Pos no que no tomabas?

Siempre tengo chelas en el refri para los invitados.

Le destapó una Tecate.

Era una afrenta. Rober trabajaba para la competencia. Sólo bebía Corona. No la tocó siquiera. El motivo de su visita era prohibirle a Fredo que tratara de reclutar a su esposa.

Lo siento, se disculpó Fredo. Lo olvidaba. Le sirvió cerveza artesanal en un vaso y se la puso enfrente. No tengo Corona.

No me gustan las cervezas artesanales.

Ah, qué caray. ¿Agua mineral?

Mi esposa no es ninguna carnada, dijo Rober.

¿A qué se refiere?

Que no es otra de esas amas de casa ignorantes que se dejan embaucar por charlatanes como tú. Esos productos que vendes son pura estafa.

Entiendo, vecino, no pretendo desprejuiciarlo, pero déjeme explicarle los beneficios de la malteada Dietalife.

Son basura. Un fraude. No funcionan.

Tenemos casos documentados...

¿Como los de los gimnasios que te muestran fotos alteradas con photoshop?, se burló Rober.

La malteada es un suplemento alimenticio. No sólo le ayuda a bajar de peso, le reporta muchos beneficios.

Le creo más a un yerbero del mercado.

Pruébela, vecino. Le obsequio producto para un mes.

¿Y las medias y la peluca para el segundo?

Es una malteada vecino. ¿No tomó chocomilk de niño?

Pero ahora soy adulto. Mi chocomilk es el café.

Esto es un desayuno completo. Primero se bebe una dosis de aloe vera, luego un té energizante y la malteada. Le voy a dar unos folletos para que los cheque.

No me interesa. Y le prohíbo que le proponga a mi mujer que le venda sus cochinadas. Antes le monto un tabarete de jugos.

No, vecino, ni con tres puestos de gorditas ganaría lo mismo que con la malteada.

He dicho. Aléjate de Carmela. O la próxima visita te agarro a licuadorazos. Y la que va a quedar malteada es tu mendiga cabezota.

La única bebida milagrosa es la cerveza, dijo su compadre.

En la cochera de Fredo se desarrollaba una junta de vendedores de Dietalife. Rober y su compadre se carcajeaban en la acera.

Antes mendigaría que volverme feligrés de la dichosa malteadita, presumió Rober. El único evangelio que debe ser divulgado es el amor a la chela.

Era la fiesta de bautizo de Sasi, la hija menor de Rober. Habían convertido la calle en estacionamiento. Un brincolín impedía el paso. Un extremo sirvió como estacionamiento para los invitados de la fiesta y el opuesto para la flotilla de propagadores de las propiedades de la malteada.

Pero no sólo trafica con batidos, le relató Rober al compadre. Vitaminas, proteínas y cuanta pendejada se te ocurra.

Carmela se acercó con dos cheves.

Los veo muy sequitos.

Compadre, su casa parece almacén. Pa mí que su cama no tiene base. Debe tener cajas de producto hasta debajo del colchón.

Y por qué no lo invitó, comadre, preguntó burlón el compadre.

Pos éste, que de repente le salió lo machito. Me tiene prohibida su amistad.

¿Se me entripó de celotipia el compadre?

Más bien le tiene envidia, como aquél sí tiene un varón, socarroneó Carmela.

Y de qué le sirve, se defendió Rober. Poco falta para que le ponga peluca. Condenado escuincle nunca he visto que le pegue el sol. Menos patear un balón.

Me voy a atender a la comadre, dijo Carmela, ai los dejo en la amañeadera.

¿Sí, compadre, se quedó con ganas de güerco?

No me quejo, serenó Rober, ya ve lo que dice mi papá, compadre, los borrachos engendramos hijas. Mejor suegro que abstemio.

Meses antes del nacimiento de Sasi, Rober había decidido que Carmela y él cerraran la fábrica.

Yo por mí tendría diez hijos, envalentonó Rober. Pero cómo los mantengo.

Ora que dé a luz que me liguen las trompas pues, dijo Carmela.

No, me voy a hacer la vasectomía, sentenció Rober.

Ay, no, viejo, ¿y si luego te arrepientes?

Pos por eso. Qué tal que me entra la comezón o me vengo dentro. Mira, dos hijos es mucha chinga. Con eso te entretienes.

Pero la llegada del vecino y el ascenso le habían zarandeado las determinaciones. Con el aumento de sueldo podía auspiciar otro chamaco. Varias noches antes de dormir acariciaba la idea de proponerle a Carmela que hornearan un tercer bollo. La vasectomía es reversible. Pero le daba miedo que le saliera defectuoso.

Hasta ahora lo he hecho bien, pero si me sale cucho el engendro o discapacitado. ¿Si me castiga Dios por burlarme del Ned Flanders?

Hasta tuvo una pesadilla. Soñó que tenía un hijo varón y le salía como el de *El monstruo vuelve a nacer*, una película que vio por cable una madrugada que no podía dormir por cenar demasiado.

La fiesta se vació. Todos los invitados se habían marchado, menos los compadres. Había oscurecido. En la casa de Fredo no había ninguna luz encendida. Ya pedos, el compadre le confesó a Rober que estaba preocupado por los recortes de personal.

Corrieron a don Pasito (un viejito al que así apodaban por lento). Llevaba chingos de años en la empresa.

Pos cómo no, compadre, si ya taba muy ruquito.

Pero era la mascota. Es una mamada. Es como si Bimbo corriera al Osito.

No exageres, compadre.

Era un emblema.

Pos sí, pero ya necesita andador.

Ya son cincuenta bajas este mes.

No sea preocupón, compadre. Eso no nos va a pasar a nosotros.

¿Cómo sabes?

Pos porque somos la carne nueva. No digo que nos quieran tanto, pero ta tenemos sangre que nos chupen.

Ándale, vieja, gritó el compadre. Vámonos. Tú vas a manejar porque yo ya ando hasta el quequi.

Qué es eso, preguntó la hija mayor de Rober.

Es un cupcake, nena, contestó Carmela.

Hijos de su reputísima madre, me despidieron, compadre.

A mí también, gimoteó Rober.

Durante meses se habían salvado del rebane. Habían contemplado cómo echaban a media plantilla, convencidos de que no engrosarían la lista negra. Hasta que les llegó el turno. Fueron a quejarse con el Gordo Mata, el presidente del sindicato.

Qué chingados, Mata.

Lo siento, no los pude defender.

No mames, gordo.
La situación está muy dura. No pude hacer nada.
Bonito representante tenemos.
Teníamos.
Tanta pinche cuota pa qué.
No hagan drama. No son los únicos. Se les va liquidar conforme a la ley.
Pinche gordo, pa eso me gustabas. Vendido culero.
Cálmate cabrón, le soltó a Rober. Sabes que no depende de mí.
No te hagas pendejo, te llegaron al precio.
Conocemos tus transas.
A ver, cabrones, tranquilos. Agarren su indemnización y no alboroten más. Les doy mi palabra de que los recontratarán.
Pos sí, pero fuera del sindicato.
Pinche seboso marrullero.
Ámonos a la burger boy, compadre, antes de que le suelte un putazo a este pinche carnitas.
Rober y su compadre se largaron a enquistarse en una cantina.
Duele como una infidelidad, chilló Rober.
Tenía la camiseta bien puesta. Su piyama era una playera con el logo de Corona. Tenía su colección de vasos. Asistía todos los domingos al estadio.
Cuando las niñas crezcan, le dijo en una ocasión a Carmela, mi deseo es que trabajen de secretarias en la planta.
Estás borracho. Las niñas que hagan lo que se les antoje.
Chinguen a su madre, yo no vuelvo, dijo Rober.
Sí, compadre, que se metan su puesto por el culo.
Varias rondas después, Rober se ablandó.

Qué ojetes, yo sabía que me mandarían al quiote. Pero a la edad de don Pasito.

Ora a rezar para que vuelvan a abrir pronto las plazas, dijo el compadre.

Sí, hay que estar pendientes.

Llegó a su casa bien pedo. No le pasó reporte a Carmela. Se quedó dormido en la sala. Sus ronquidotes no dejaban dormir a su mujer. A la una de la mañana se levantó preocupada porque se le fuera a ahogar. Trató de darle la vuelta pero no pudo con semejante mazacote. A la mañana siguiente le contó todo, despechado.

No te aflijas, viejo, consolaba Carmela, es día del padre.

Me desgraciaron Carmela. Ora qué voy a hacer.

Pos buscar trabajo.

En qué. Yo tengo alma de repartidor, no sé hacer otra cosa.

Pos reparte.

Pero no puedo repartir cualquier pendejada. Pura cerveza.

Pos pide chamba con la competencia.

Jamás, con esos putos ni a la esquina.

Ya es la una. Báñate que ya no tarda tu compadre.

Su compadre llegó y se aplastó junto a Rober con el ánimo de un enfermo terminal.

Esta carne no se va a asar sola, se quejó Carmela. Ya son las cuatro. Tenemos hambre.

Pero ni habían prendido el carbón. Tocaron la puerta, era Fredo.

Qué pasó, vecino, preguntó al ver a Rober todo desahuciado.

Está huérfano, dijo Carmela, no tiene padre. Lo botaron de la cervecería.

El negocio de la fritura no está tan gacho, dijo el compadre. Lo único que me zurra es que cada rato topo a Mata en las tienditas.

Pinche hijo del buche, dijo Rober.

¿Ya consiguió algo, compadre?

Nancy, contestó.

Hablé con mi superior. Me aseguró que en cuanto haya una vacante nos lo jalamos.

Gracias, dijo secamente.

No se me agüite. A ver, Zurdo, le gritó al cantinero, otra ronda. Yo le invito las que se tome.

Hace cuatros meses que nos mandaron al chostumo y no han vuelto a recontratar.

Eran puras charras de Mata.

Mi vieja me tiene amenazado.

¿Te va a desafanar de la casa?

No, va a vender Dietalife.

No mames.

Qué puta vergüenza.

No se lo permitas.

Pero pos ora cómo se lo impido.

Zurdo, dos más, ordenó el compadre.

No, ya me borro.

Pérate, compadre. De todos modos te va a caer la voladora. Da lo mismo que aparezcas orita que al rato.

No, pa qué le busco ruido al chicharrón.

De jilo.

Bueno. Va por ustedes, dijo a la concurrencia, se bebió la cerveza de un trago y salió tambaleándose de la cantina.

Qué te dijo el compadre, le preguntó Carmela apenas llegó a su casa.

Que en la primera oportunidad me van a fichar. Traen a un güey en la mira. Tan a la espera de agarrarlo movido con producto pa correrlo.

¿Y si no lo atrapan?

Dice mi compadre que es cleptómano. Que es adicto a robarse las bolsas de churrito enchilado.

¿Y si pasan meses antes de cacharlo? Ya debemos dos colegiaturas, Roberto.

Lo sé.

Ya lo decidí, voy a vender la malteada.

Espérate...

A qué me espero, a que sean tres meses. Hasta criada me apalabraste, fíjate.

Dietalife es pura piña. Es un asalto disfrazado.

¿Ya viste el carro que trae el vecino?

Y con qué vamos a invertir.

Con lo que queda de tu liquidación.

¿Y si no se vende la malteada mágica?

La vamos a vender, recalcó Carmela. Tú ten fe.

No se trata de eso. Éste no es un barrio fitness. Aquí la gente desayuna gorditas, burritos, molletes, café. Qué chingados le van a hacer caso a una malteadita sabor oreo.

Pos no sé cómo, enfatizó Carmela, pero la vamos a poner de moda.

Licuados para perder peso, decía el cartel colgado en la cochera. Durante la semana que Fredo capacitó a Carmela, Rober no salió de su habitación.

Pinche malteadirijilla.

Además de expender malteadas, Carmela tenía la obligación de reclutar a seis personas para que se sumaran a la familia Dietalife.

Mientras salgo al scouteo, tú vas a atender el changarro.

Y fue así como Rober se convirtió en el maistro malteadero.

Y ya enfierrados, vamos a matar dos pájaros de una sola pedrada, sentenció Carmela, despídete de tus sobredosis de chilaquiles. Te vas a jambar la malteada Dietalife pa que bajes la panzota. En cuanto adelgaces, agüevo que la vendemos.

Carmela no tuvo dificultades para agenciarse a seis incautos. Pero el batido no se vendía. Y Rober no bajaba de peso. Tuvo que vender su camioneta para cubrir las colegiaturas atrasadas.

Estoy harto de la puta malteada, Carmela. Llevo dos meses desayunando lo mismo. Me merezco unos güevos rancheros.

Tranquilo, Clorofilo. Mira quién vino a visitarte.

Mi licuadero estrella, dijo su compadre. Le traigo unos tacos de barbacha.

Rober se quitó el delantal y corrió a abrazar a su compadre.

Qué noticias o qué.

Todo quieto en primera, compadre. Pero no se me desmoralice. En cuanto pique el triquiñuelas lo reclamo.

No pospongo el rezo cada noche para que ése meta la pata, dijo Carmela.

Onque lo veo muy orondo con su mandil, bromeó el compadre.

Ni mientes, supuestamente la malteada nos sacaría de pobres, dijo Rober, y guacha.

El mundo de las ventas.

Ve esta mamada, compadre. Sabor piña colada.

Tengo que seguirle al jale, se excusó el compadre. Luego le echo otra vuelta.

Yo también me voy, anunció Carmela. Voy con Fredo a visitar a unas gentes de la firma.

Ahora es la firma, socarroneó Rober. Pasas chingos de tiempo con Ned Flanders.

Analizaremos unas estrategias...

Pero ni billetes deja esta mugre, la interrumpió.

Pa mí que se la está cogiendo, pensó Rober cuando su mujer se marchó.

No vendió una malteada en toda la mañana. A las dos de la tarde metió la mesa, las licuadoras y el boterío con polvos. Llegaron sus hijas del colegio y les sirvió de comer.

Se hizo güey toda la tarde. Se bebió dos cervezas. Se cortó las uñas de los pies. Se observó la panza frente al espejo cinco minutos.

Ai ta su pinche malteada, gruñó.

A las once de la noche se metió a la cama. Carmela no había llegado. No le quedaron dudas. Ned Flanders se la estaba pimpeando. Escuchó el tintineo de llaves, la puerta principal abrir y cerrarse y a su mujer entrar a la habitación.

Tenemos que hablar, categorizó Carmela.

Ya bailó Bertha, pensó Rober. Me va a cambiar por este alfeñique.

Estoy embarazada.

Rober comenzó a llorar.

Por qué, berreó. Por qué. Yo qué hice. Yo sólo era un empleado de Corona, feliz con lo que tenía. Yo amaba mi vida.

Cálmate, serenó Carmela. Estamos mal pero no es para que te pongas tan histérico.

¿Estamos mal? Somos unos muertos de hambre. No tengo ni para el Netflix. Y además ahora con un hijo de otro.

¿De otro? ¿A qué te refieres?

Cómo a qué. Tengo una vasectomía, ¿recuerdas?

Sí, lo sé perfectamente.

No te puedo embarazar.

Deja de llorar.

Lo que más me duele es que de entre todos los hombres del mundo hayas elegido al pinche Ned Flanders para engañarme.

De qué hablas.

No te hagas. O todas esas tardes que te desapareciste no me digas que no te largabas al motel con Fredo.

Roberto, estás muy alterado. Claro que no, pendejo. Yo no me he acostado con nadie que no seas tú.

No me quieras ver la cara.

Cálmate. Estas actuando como una señorita.

Y cómo quieres que me ponga.

Este hijo es tuyo. Tuyo, te lo juro por nuestro matrimonio. Por ti, por mí, por nuestras hijas.

Ay, sí, ajá. ¿Crees que soy idiota?

Mira, si hoy me tardé más de lo habitual fue porque no sabía cómo tomar esto. Y lo consulté con Fredo.

Ora resulta que además de piñar a la gente es doctora corazón.

Le conté que tenías una vasectomía. Y la conclusión a la que llegamos es que esto es un milagro. Sí, Roberto. Un milagro de Dietalife. No sé si leíste bien los folletos. Además de reducir el peso es un procurador de salud.

Mamadas.

Te lo juro. Fredo dice que ayuda a la infertilidad.

Ese pendejo se cree Dios o qué.

¿Acaso no lo ves? Esto es una bendición.

Qué. No. Esto es una desgracia. Estamos en la calle y lo único que nos falta es una boca más que alimentar.

Te equivocas. Es un golpe de suerte. No olvides que todo bebé trae su bote de Dietalife bajo el brazo.

La noticia se regó. Rober se convirtió en una celebridad. Para la disfunción eréctil, para la esterilidad, para el ojo de pescado: Dietalife. La colonia entera se envició con la malteada.

Mi compadre es el mejor delantero de la liga.

Pero Rober estaba convencido de que él no era el padre. De que era vástago de Ned Flanders. Su casa ya no parecía bodega. Se le agotaba el producto. Lo detenían en la calle para felicitarlo. El dinero dejó de ser un problema. Pero Rober se consideraba en la miseria. Cada saludo le recordaba la infidelidad de Carmela. Lo único que deseaba era escapar de su fama.

Lo veo compungido, le dijo su compadre un sábado por la tarde en la cantina. Qué, no está contento.

Quiero mi vida de vuelta.

Qué vida.

Mi empleo en la cervecería.

Ya supérelo, compadre. Eso ya pasó. Además es imposible. Ora va a ser padre de un chamaquito, salud por eso.

Rober no se atrevía a contarle que no podía ser suyo. Que tenía la vasectomía.

El negocio prosperaba. Fredo y Carmela se ausentaban más que nunca.

A su pinche amasiato, los cabrones, maliciaba Rober. Esto no es vida.

Había engordado. Si la malteada funcionaba o no era incuestionable, él era la prueba del milagro.

Meses después nació el güerco.

Está idéntico a ti, le dijo Carmela cuando trajeron al bebé para que lo amamantara.

Yo no le encuentro parecido, dijo Rober con amargura.

No tenía ni un día el mocosillo en este mundo y ya Carmela le había apodado Stormtrooper, por *El ataque de los clones*, la película de la saga de *Star Wars* que estaba en cines.

¿Verdad que es su clon?, le preguntó Carmela a Fredo que se encontraba de visita.

Lo calcaste, vecino.

Pero Rober con el único que le encontraba parecido era con Ned Flanders.

Lo vamos a llamar Alfredo, en honor a nuestro vecino. Porque gracias a su insistencia formamos parte de la familia Dietalife.

Rober estaba demasiado cansado para luchar.

Me siento como un equipo que se fue a segunda y que no ha ganado en tres años.

No opuso resistencia en el bautizo cuando escuchó que su hijo era nombrado Alfredo Gámez Uranga. Continuó como maistro malteadero. Su fama se extendió por toda la ciudad. De distintos rumbos se aproximaban a comprarle malteadas. Con una resignación lindante con la muerte civil cumplía sus tareas sin obcecación.

Me he convertido en un Ned Flanders, se dijo una tarde mientras le cambiaba el pañal al bebé. Muchas noches planeó fugarse. Hasta preparó una maleta. Pero no tuvo el valor. No podía abandonar a sus hijas. Estaba demasiado deprimido para rebelarse.

Fredo va a candidatearte para ciudadano distinguido, le dijo Carmela una tarde.

Entonces Rober salió del sopor. Era suficiente. Que fuera a burlarse de su puta madre. No sólo tenía que vivir como un cornudo y convivir con el sancho, ahora sería el monigote de la avaricia de este pendejo. Ser nombrado ciudadano distinguido elevaría las ventas del producto y por lo tanto las comisiones de Ned Flanders. Tenía que vengarse.

Se recluía en el patio. Invirtió noches enteras a consolidar un plan mientras fumaba cigarro tras cigarro.

Lo mataré, murmuró al fin, mataré al Stormtrooper. Carmela sufrirá, pero me revertiré la vasectomía y luego le haré un hijo mío. Van a saber quién es Roberto Gámez.

Para celebrar el primer cumpleaños del Stormtrooper, Rober se empeñó en hacer la fiesta en una quinta con alberca. Su mujer le echó carrilla.

Cálmate, don Billetes. Hace meses no completabas pal recibo de la luz.

Invitaron a más de cien personas. El encargado de la parrilla fue Fredo. Asó carne marinada con mostaza.

A las cuatro de la tarde Rober le destapó una cerveza a Carmela. En cuanto se la terminó le abrió la segunda. Luego la tercera. Quería empedarla a propósito.

La popularidad de Rober era escandalosa. Se sacaba fotos con sus invitados.

Híjole, compadre, creo que la estoy cagando. Debería de vender Dietalife.

A las seis de la tarde apareció el jefe de división. Fredo y Carmela corrieron a recibirlo. Era un vejete vestido con pantalonera y con sudadera Adidas.

Ya la hicimos, le dijo Fredo a Rober. Estamos del otro lado. Es la élite de Dietalife.

Rober no se acercó a saludar al jefe de división. Se dedicó a cuidar al Stormtrooper toda la tarde. Lo traía sujeto con una correa para bebé.

Le pegaron a la piñata. Repartieron los bolos. Y partieron el pastel. A las ocho de la noche la gente comenzó a despedirse. El jefe de división se excusó. Tenía dos cumpleaños más que cubrir. En cuanto abandonó el lugar, Carmela propuso un brindis.

Por el futuro.

Chocó una Tecate con Fredo.

Rober comenzó a juntar la basura en una bolsa negra, con el Stormtrooper de corbata.

Fredo vació una cerveza caliente para matar las brasas que persistían. Borracha, junto a la alberca, yacía Carmela desparramada.

Voy a subir el asador a mi camioneta, avisó Fredo.

Con desinterés, Rober fue hasta Carmela y le ató la punta de la correa en la mano derecha. Se alejó unos metros y se dejó caer sobre el pasto. De repente se dio cuenta de que estaba seriamente cansado. Que hacía semanas, meses, que se sentía exhausto. El Clon comenzó a gatear por la orilla de la piscina. De súbito al bebé se le acabó el terreno.

Rodó al agua. Hizo un ruido como si hubiera caído una bolsa de monedas, pero Carmela no se despertó. La correa le jalaba la mano pero ella no respondió. Rober se recostó en la yerba y observó el cielo a medio oscurecer. La sensación le resultó tan liberadora que se quedó dormido.

El grito de Carmela lo despertó. El Stormtrooper se había ahogado.

Carmela estaba tan destrozada que no podía hacerse cargo de ningún trámite. Le correspondían a Rober. Su compadre se ofreció a acompañarlo. Pero rechazó el gesto. Contrató los servicios funerarios con la frialdad de un cajero de banco.

Acudió a la morgue a firmar unos papeles. En la sala de espera se acordó de que semanas atrás había estado a punto de comprarle un mameluco del equipo de futbol al Stormtrooper.

Achingá, no es hijo mío, pensó y se abstuvo.

El olor a hospital también le recordó que pocas semanas después del nacimiento del Stormtrooper acompañó a su compadre a hacerse un tatuaje.

Póngase uno, compadre, se lo picho.

Rober declinó la oferta.

Anímese, póngase el nombre de su chavito.

Salió del sanatorio con el acta de defunción. No se atrevió siquiera a preguntarse qué sentía. Ni le dolía ni lo lamentaba. La muerte del Stormtrooper le resultaba tan ajena como si ocurriera detrás de un acuario gigante. El que se doblaba de aflicción era Fredo. No lo disculpaba.

Había dejado de padecer insomnio. El rencor que como una planta dentro de él regaba la presencia del Stormtrooper se había secado. Ni siquiera lo molestó que se convirtiera en noticia nacional. Mientras esperaba en la fila del banco para depositar el pago de la misa vio la nota en televisión.

"¿Recuerdan la historia del niño Dietalife? Murió ahogado hace unas horas."

La tragedia es expansiva.

Carmela permanecía anestesiada. Le preguntaron si deseaba que el féretro estuviera abierto o cerrado. Apenas le arrancaron una palabra: abierto. Deseaba despedirse del Stormtrooper.

El día de la misa la iglesia estaba rebosada de ramos y coronas de flores. Toda la comunidad local Dietalife estaba presente. Cantaron y rezaron por el alma del bebé. Rober no pronunció palabra. Se enquistó en una banca del templo y no se desprendió de ahí hasta que el padre declaró que la misa había terminado. La gente se acercó a observar por última vez a la criatura. Encima del sarcófago descansaba el casco de un Stormtrooper real.

Durante el entierro Rober tampoco mostró aflicción. Ni por guardar las apariencias. Carmela era un trapo. Fredo cargó el ataúd desde la carroza hasta la tumba. Era su padrino pero lo lloró como a su propio hijo.

Rober confiaba en que en unas semanas el dolor comenzaría a apagarse. Pero Carmela dejó claro que el consuelo o la resignación eran improbables. Rober continuó con las actividades de Dietalife. Malteadero, repartidor, mensajero. Su esposa se negaba a salir de la cama. Sólo se despegaba para acudir al baño.

Las semanas transcurrieron y Carmela se convirtió en una indigente en su propia casa. Le estaba costando más de lo que Rober había calculado. Ni hablaba.

Una mañana, con el pedido, llegó un póster de Dietalife con la foto de Rober. Se lo mostró a Carmela, que en ese momento estalló.

Tú no amabas a nuestro hijo. No derramaste ni una lágrima.

Rober se quedó callado.

No lo querías, atacó Carmela. No lo querías. Lo despreciabas.

Qué dices, mi amor. Si era lo que siempre había querido. Ese pinche cabeza de chope era mi adoración.

No es cierto. Mientes.

Yo lo mimé, lo atendí, lo arrullé…

Y por qué no lloraste, infeliz.

No lo sé. No puedo llorar.

Lo despreciabas. Jamás vi el amor en tus ojos.

Era mi hijo. Cómo no lo iba a querer.

Me estoy volviendo loca. ¿Sabes cuántas veces he reconstruido esa noche? Mientes, tú no amabas al bebé. Lárgate, no quiero verte, gritó.

Mi amor, por favor, cálmate, dijo Rober. No es el fin del mundo. Vamos a salir de ésta. Podemos tener otro hijo.

Estás loco, gritó. Escúchate. Lárgate, quítate de mi vista.

Roberto salió de la habitación y le dio instrucciones a su hija mayor.

En cuanto se deje dale la pastilla para que se duerma.

Rober subió al auto. No sabía a dónde dirigirse. No quería meterse a una cantina. Se fue al consultorio de un urólogo.

En dos horas hay lugar, le informó la secretaria.

Espero, informó Rober.

Mientras aguardaba pensó que era prematuro que se encontrara en la clínica. Faltaba todavía mucho tiempo para que Carmela se repusiera.

Lo más probable es que no quiera otro hijo, pero la convenceré, se dijo Rober.

No tenía a dónde ir. Estar ahí le procuraba cierto alivio. El doctor lo pasó a su consultorio.

Cuénteme, qué lo trae por aquí, preguntó el urólogo.

Hace unos años me hicieron una vasectomía. Quiero revertírmela.

Bien, desnúdese y póngase esa bata. Vamos a revisarlo.

Mientras el doctor lo exploraba pensaba en Carmela, en que ojalá se hubiera tomado la pastilla y al regresar la encontrara sedada.

Vístase, le indicó el doctor.

Rober ocupó la silla frente al escritorio del urólogo.

Le comunico que no es necesario revertir la vasectomía porque se la practicaron mal. Está usted en condiciones de procrear hijos.

¿Sigo siendo fértil?

Completamente.

Tras meditarlo unos segundos, cambió de opinión.

Sabe qué doctor, practíqueme la vasectomía. Pero que esta vez sea sin errores.

¿Está seguro de que no desea más hijos?

Mientras se quitaba la ropa pensó en que ojalá el dolor no lo inmovilizara demasiado, porque al día siguiente debía vender muchas malteadas para pagarse la intervención.

La efeba salvaje

Barbie Moreno tenía alma de fauno, cuerpo de golfa y cara de niño Dios. Era la chica del clima más ricky ricón en la historia del canal. Todos se la querían pimpear. Pero a nadie pelaba. Era la amante de Barrios, el titular del noticiero de las 7. A fuerza de achichinclear a los camarógrafos se había forjado fama de mamona. El personal femenino la detestaba. Las recepcionistas, las maquillistas, las conductoras.

Pinche vieja rancherry, se cree la dueña de Multimiedos, si bien que nació en el ejido La Partida. Su hermano se metió al ejército pa fumar mota a granel.

Pero era intocable, era la protegida de Barrios.

Uff, pero qué gemible está, exclamó Gómez Yonque al ver a Barbie pasar frente a su oficina.

Gómez Yonque era el capo de deportes. Tenía más de veinte años en la empresa y sufría de efebitis. Morra que entraba a trabajar al canal la adoptaba bajo su tutela y la convertía en su amante. Barbie era la única que había opuesto resistencia en su largo historial de conquistas. La había asediado como asedian la sed, el hambre, la venganza y el frío. Flores, chocolates y hasta un iPad. Gómez Yonque pertenecía a la vieja guardia. Cortejo institucional. Expuso su mejor repertorio. Pero Barbie inmisericorde rechazó todo. Gómez Yonque era una figura polémica. Tanto en su vida amorosa como en su campo laboral.

El comentarista había enviudado en dos ocasiones. En el canal se rumoraba que había asesinado a sus esposas y que se había comido sus cerebros. Nadie lo había visto ingerir alimento alguno. Según su productor su dieta se basaba en cocteles de células madre, taquitos de placenta y ocasionales licuados de feto para el desayuno. A sus setenta años, Gómez Yonque era un milagro cosmetológico. Ni una puta arruga. No estaba cirujeado y tampoco era rehén de los masajes esos para reducir la papada. Se presumía en el canal, medio en broma y medio en serio, que sepultaría a todos los Rolling Stones.

Como todas las mañanas, Barbie, capuchino de McDonald's en mano, no saludó a ninguno de sus compañeros. Se fue directo a la oficina de Barrios. La puerta estaba clausurada por una cinta amarilla de la policía con la leyenda crime scene–do not cross. De putazo, Barbie sintió que le bajaba la presión. Los ojos se le encharcaron. No es que amara a Barrios, pero era su pisapapeles. No se lo esperaba, como no contempla uno en agosto entrar al súper y toparse con que ya venden pan de muerto.

Se lo chingó Gómez Yonque, dedujo. A lo mejor andaba necesitado de un forro nuevo para los güevos.

El último chiste que corría sobre el comentarista deportivo era que se estaba fabricando un traje de piel nuevo con la cáscara de sus víctimas.

Damnificada, se arrastró hasta el set. Chacho, el maquillista, intentó consolarla.

Cuánto lo siento, preciosa.

¿Ya se sabe quién lo mató?

A quién mataron.

Cómo a quién. A Barrios.

Mensa, a Barrios sólo lo despidieron.

¿Y la cinta en la oficina?

Seguro es una broma de estos cabrones, dijo señalando a los camarógrafos, ya ves que no te tragan.

Y Barrios dónde está.

Debe estar en su casa.

Maquíllame en chinga. Acabando mi segmento le marco.

Ay, reina. ¿Acaso no lo sabes? Te remplazaron. Pensé que era la causa de tu llanto.

Qué, chilló Barbie como no lo había hecho al descubrir la cinta amarilla.

Sí, la nueva chica del clima es La Chiva Rendón.

¿Esa whiskas?

El director te espera. Me pidieron que te mandara a su oficina.

Barbie Moreno, egresada de la carrera de comunicación, 22 años, cabellera de Pocahontas y ojos de gargajo, subió las escaleras preparada para firmar su renuncia. Después de Gómez Yonque, a quien más le había rechazado invitaciones a salir era al cabecilla de Multimiedos.

Vengo a entrevistarme con el don, le informó a la secretaria.

Tome asiento, por favor.

Mentalmente elaboró una lista de las compañías en que le recibirían su currículum. Recordó sus días de edecán de Tecate y comenzó a temblar. Se había prometido a sí misma que jamás volvería a bailar en un chiquichor a cuarenta grados afuera de un depósito de cerveza para una bola de macuarros. Le chocaba tallarse la cutícula con las encías. Pero no lo podía evitar. No existe mejor tortura para los nervios que la tardanza. Hizo cálculos. Si de todos modos iban a correrla, qué ganaban con hacerla esperar. La venganza de un despechado se alimenta de los terrenos de la desesperación. Se puso de pie para largarse. Mientras se acomodaba la mini observó a Gómez Yonque salir de la oficina del director. El comentarista le sonrió como si recién le hubiera dedicado una chaqueta.

Puede pasar, dijo la secre.

Era la segunda ocasión que visitaba el cubil felino. Así apodaban a la base de operaciones del mandamás, porque estaba lleno de gatas, se burlaban los camarógrafos.

Siéntese, le indicó el director. ¿Té o café?

Agua está bien, gracias.

Tenemos nuevo titular en el noticiario de las siete. Y como sabe, cada uno elige su equipo, por lo que tuvimos que removerla.

No estaba enterada de que habían echado a Barrios.

No fue despido. Se retiró de manera voluntaria. Asumimos que él mismo le había notificado. En fin, ha sido reubicada al área de deportes.

Barbie se persignó por puritito reflejo. La shitstorm que había tenido que aguantar desde el día que había comenzado a trabajar en Multimiedos no se comparaba.

No es bueno prenderle veladoras a un solo santo, le había aconsejado su madre. Siempre es bueno rezarle a varios.

Intentó una remontada de último minuto.

No, por favor, imploró. Yo no sé nada de futbol. Le sería más útil en el segmento de cocina. O en el de yoga. Con este cuerpazo levanto el raiting, pronunció con malicia y se levantó para modelarle al director. Pero ni la peló.

Repórtese mañana a las doce con Gómez Yonque.

Abandonó Multimiedos más devastada que la difunta Chavela Vargas después de una borrachera de tres días.

Mejor me hubiera corrido, dijo al montarse al coche.

Condujo a su departamento con dos misiones. Empedarse y hablarle a Barrios para hacérsela de pedo. Ya lo había decidido. No se presentaría al día siguiente. Sin Barrios como su guardanalgas, la esperaba la olimpiada del bullying. Su meta en la vida era casarse con un futbolista, pero no por eso se convertiría en otra de las efebitas de Gómez Yonque.

Apenas entró al depa se abalanzó por la botella de vodka, se preparó un desarmador y llamó a Barrios.

Me hubieras pinches avisado, le recriminó.

El hijo de la chingada de Gómez Yonque, respondió. Hizo que me quitaran el teléfono de la compañía. Me pasé toda la puta tarde reactivando mi número.

Me trasfirieron a deportes.

Barrios soltó la carcajada.

¿Mucha pinche risa?

Te dieron en toditita la madre.

Ya sé. Y lo que más me pudre es que pretenden que reciba órdenes del asqueroso de Gómez Yonque.

Pero no te vas a presentar ¿o sí?

Por supuesto que no.

Tú eres una chica del clima.

Obvi.

Quieren hacerte ver como una pendeja.

Óyeme.

Ni modo que presumas que eres brillante.

Mira, cabrón, ni que tú tuvieras un doctorado.

Barrios soltó una nueva carcajada. Te les antojaste de mascota. Una mascotita bien sabrosa.

Sabes qué, Barrios, nunca le azuces el orgullo a una chica del clima.

¿Sabes lo que es un efebo? Un aprendiz. Que se presta para un intercambio con el maestro. Sexo a cambio de conocimiento. Si regresas, Gómez Yonque te convertirá en su efeba.

Sé cuidarme sola.

No dudo que puedas defenderte del mundo, pero de Gómez Yonque no. A su lado, Hannibal Lecter es un angelito.

Adiós bye, dijo y colgó.

Barbie había tomado la determinación de no volver a poner un pie en Multimiedos, pero cambió de opinión por el barco de Barrios. En lugar de empinarse el kilo de vodka se puso unos leggins, los Nike y salió a trotar. Volvería al canal con un propósito. Desenmascarar a Gómez Yonque. Demostrar con pruebas que había asesinado a sus exesposas. Jamás se acostaría con él. Además, se pondría más buenota que nunca para que en la empresa babearan al mayoreo.

Barbie despertó temprano por culpa de una pesadilla. Soñó que Gómez Yonque era un extraterrestre que frecuentaba una fonda y siempre pedía el mismo platillo: humano crudo. A las seis treinta salió rumbo a su clase de pilates. Toda la rutina se debatió entre si debía contratar a un detective privado o investigar por su cuenta a Gómez Yonque.

Mientras se duchaba, decidió que por su seguridad era más conveniente solicitar los servicios de un profesional.

De la guantera de su coche extrajo una tarjeta de presentación. Investigador Heriberto Ramos. Marcó el número y concertó una cita. Para matar el tiempo, ingresó en una tetería. Se bebió una infusión de té verde con rooibos. Una hora después apareció un hombre con una cachucha de beisbol del equipo Unión Laguna. Caminó directo hacia la mesa de Barbie.

Qué relación guarda usted con el sujeto a investigar, le preguntó a Barbie.

Es mi jefe.

¿No los une un lazo sentimental o consanguíneo?

No.

Entonces cuál es el motivo por el que pretende que lo espíe.

Sospecho que asesinó a sus dos exesposas.

Es una acusación muy grave.

Por eso necesito su ayuda.

¿Tiene usted conciencia de cuándo falleció la última esposa del sujeto?

Sí, hace siete años.

¿Sí se percata de que eso no facilita una investigación?

Es un psicópata. Un mataesposas. Si ya ha matado, volverá a matar.

¿Es casado?

No, viudo.

Entonces si el móvil es la esposa, quién es su siguiente víctima. ¿Tiene planes de boda en puerta?

No, no planea casarse. Pero sé que no aguantará, en cualquier momento cometerá un crimen.

Cómo se llama el tipo.

Gómez Yonque.

¿El comentarista?

Ese mero.

Señorita, soy un admirador del señor Gómez Yonque y lo creo incapaz de las calumnias que le imputa. No puedo aceptar el trabajo.

¿Me podría recomendar a algún colega?

Señorita, no existe investigador privado en esta ciudad que se pierda el programa *Futbol al día*. Me temo que nadie aceptará la encomienda.

Barbie subió a su coche encabronada.

Si quieres algo bien hecho, tienes que hacerlo tú mismo, pensó.

Condujo hasta la casa de Gómez Yonque y se apostó afuera. A las doce del mediodía el conductor salió para dirigirse a Multimiedos. Barbie se colocó unos guantes de cirujano y extendió en la cajuela de su coche un par de bolsas negras. Corrió hasta la banqueta, tomó las bolsas de basura, las depositó en la cajuela y arrancó con un rechinar de llantas. No encontró nada en los desechos de Gómez Yonque. Pero no se desmoralizó. Estaba resuelta a inspeccionarlos a diario. Se despojó de los guantes y el tapabocas y volvió a darse otro regaderazo.

Como no había recibido instrucciones, se decidió por un look secretarial para su nuevo puesto. Pantalón negro de vestir, camisa blanca de manga larga y zapatillas negras de Zara. En cuanto Gómez Yonque la escaneó fue a regañarla.

Qué hace disfrazada de mesera.

No sabía qué outfit elegir.

Cámbiese. Vístase como siempre.

Pero si no voy a dar el reporte del clima.

Obedezca.

Faltaban diez minutos para que Barbie entrara al aire y desconocía en qué consistía su participación. Antes de llegar al canal se había detenido en una librería. Compró el libro *Dios es redondo*, de Juan Villoro, para empaparse del tema. Comenzó a leerlo mientras esperaba a que la maquillaran.

Ahora analizaremos la tabla general, dijo Gómez Yonque frente a cámara. Para lo que contaremos con la ayuda de una belleza. Adelante, señorita Moreno.

La exchica del clima entró a cuadro con un vestidito bien coqueto.

A ver, estableció Gómez Yonque, el año pasado, en esta misma jornada ocho, el líder general era Cruz Azul con 18 puntos. Iba invicto. Y no calificó. Este año, en la misma jornada ocho, Cruz Azul tiene 18 puntos y también va invicto. ¿Pasará a la liguilla o no? Barbie, quiere por favor señalarnos en el recuadro las casillas con estos datos.

Barbie sintió que la trataban como a la becaria de Brozo. A propósito, le colocaron las estadísticas distantes de su posición para que al señalarlas tuviera que estirarse al máximo. Se agachó, se empinó, se puso de puntitas. Dos minutos después estaba fuera de pantalla. Había finalizado su participación. Nunca se había sentido tan avergonzada. Se encerró en el baño a llorar. Si no mandaba todo a la mierda en ese instante era porque quería que rodara la cabeza de Gómez Yonque.

A la mañana siguiente, Barbie volvió a robarse la basura de Gómez Yonque. No había evidencias que lo incriminaran, pero descubrió un olor fétido que provenía de la puerta de servicio. Una sustancia amarillenta mezclada con agua se desecaba en el suelo. No era sangre. Tampoco se trataba de yema de güevo. Lo único que se le ocurrió hacer con su hallazgo fue registrarlo en su celular. Un video de veintinueve segundos que no servía para nada. En la grabación no se apreciaba el color del piso. Pero Barbie lo consideraba valioso. Era un indicio de que se aproximaba a la verdad. Lo del canal no eran infundios. Gómez Yonque desayunaba cosas extrañas.

Salió al aire a repetir la rutina del día anterior. Como se dice vulgarmente, darle caldos a la bola de calientes de los televidentes, a los miembros de la mesa de comentaristas y a Gómez Yonque. Pero Barbie no lloró esta vez. La revelación de unas horas antes, el líquido amarillento, la mantenía en pie. Al final del programa, Gómez Yonque le pidió que no se retirara. Habría una comida en su honor. Era la única mujer del equipo de *Futbol al día*. En la mesa del restaurante, Gómez Yonque aplaudió la labor de Barbie como nueva integrante de la familia.

Quiero felicitar a la señorita Moreno por su excelente desempeño.

El comentarista se aproximó a ella y le estrechó la mano. Barbie, asqueada, se levantó al baño para lavarse las manos. Como el jabón le pareció insuficiente, rebuscó en su bolso con desesperación. Extrajo un enjuague bucal, se quitó sus anillos y se restregó a fondo. Todos pidieron de comer, menos Gómez Yonque, ni siquiera husmeó la carta. Tampoco bebía alcohol. Pidió una coca cola.

Si es un alien, dedujo Barbie, quizá para alimentarse tiene que desmontarse la cabeza. Por eso no come en público.

"Sin la pelota, Diego se siente más solo que Adán el Día de las Madres", leía Barbie cuando vio a Gómez Yonque salir de su casa y treparse al coche. Eran las once de la noche. El comentarista presumía que nunca se desvelaba. Estaba prohibido, según las tablas de Moisés de la eterna juventud. Pero Barbie apostaba que por la noche saldría en busca de suministros. Lo siguió a una distancia prudente.

Cuando resuelva este caso, se dijo Barbie, voy a mandar a la chingada a Multimiedos y voy a montar mi propia agencia de investigación privada.

Gómez Yonque se detuvo a espaldas del Hospital General. Bajó del auto y caminó hacia una reja. Un hombre con bata blanca lo aguardaba. Barbie les sacó fotos con su iPhone. El hombre le entregó al comentarista una yelera de unicel como las que venden en el Oxxo. El cuerpo del delito. Se despidieron de mano. Barbie estaba convencida de que al estrecharse las manos el empleado del hospital había recibido unos billetes. Gómez Yonque condujo de regreso a casa con extrema cautela. A veinte kilómetros por hora.

Maneja como la mamá de Tony Soprano, se burló Barbie.

A las doce de la noche Barbie se fue a la cama.

Qué contendrá la chingada yelerita, se preguntó al meterse entre las sábanas.

No podía dormir de la alegría.

Barbie 2 – Gómez Yonque 0, se dijo al mirar el reloj. Eran las cuatro de la madrugada.

Pese a su desvelo, a las once se plantó ante la puerta de servicio de Gómez Yonque. Las manchas amarillentas habían desaparecido y olía a Fabuloso. No se preocupó. Contaba con las bolsas de basura para diseccionar. Pero no pudo hurtarlas. La puerta principal se abrió y apareció una mujer.

Qué desea, preguntó.

Barbie reaccionó rápido.

Busco a Barrios. Es la casa de la familia Barrios, ¿no?

No, no es aquí. Y los vecinos se apellidan Domínguez. Anda usted perdida.

Gracias, dijo Barbie, y se alejó de prisa.

Puso el coche en marcha y arrancó.

Perdí una oportunidad de oro, se lamentó, pero ya tengo otro dato concluyente, los jueves Gómez Yonque recibe la visita de la doña de la limpieza.

Llegó al canal media hora antes. No había previsto el encuentro con la servidumbre. Mientras aguardaba turno para maquillaje fue al cajero automático a checar si ya le habían depositado. Se le aflojaron los calzones al checar el saldo. Había más dinero del correspondiente.

Debe haber un error, calificó.

Se presentó en recursos humanos.

Me depositaron dinero de más.

¿No te informó Gómez Yonque?, le preguntó la contadora.

No.

Te subió el sueldo.

Salió de la oficina confundida.

Qué pedo con el pinche Gómez Yonque, se preguntó. Cuando llegué aquí me tiraba la onda cañón. Luego me adopta como su patiño. Y ahora me aumenta el salario.

Le sacaba de onda que desde que la habían transferido Gómez Yonque no la persiguiera. Se había mentalizado para el acoso sistemático. Al término de *Futbol al día* Gómez

Yonque le indicó que no se marchara. Todos los viernes de quincena era ritual que los miembros del equipo se reunieran en una cantina. En otras circunstancias, Barbie se habría rebelado. Sabía lo que le deparaba la tarde. Que el grupo de comentaristas le estuviera viendo las piernas descaradamente. Pero aceptó acompañarlos. Era indispensable observar de cerca a Gómez Yonque. En su círculo íntimo. Al que sólo tenía acceso gente de su insobornable confianza. Gómez Yonque era leal con su personal, dos de ellos trabajaban con él desde hacía veinte años. A Barbie le dio una profunda güeva. La conversación en aquella mesa no giraría en torno a otro asunto que el futbol. Pero no era tan malo, consideró. Todavía era una neófita en la materia y le urgía documentarse.

Ocupó una silla alejada de Gómez Yonque, para tener una visión panorámica de su desenvolvimiento. Pero su mentor la instó a sentarse a su lado y se cambió de lugar. Un movimiento afortunado, porque observó de cerca una mancha en la camisa de Gómez Yonque.

Sangre, pensó Barbie. Sangre. Quiso gritarlo pero se contuvo. Es sangre. Estoy segura.

Nadie en la mesa lo había advertido. La camisa era azul y la mancha era oscura. Podía ser cualquier cosa, salsa o tinta de pluma. Para tener una prueba, Barbie le preguntó a Gómez Yonque si podía sacarse una selfie con él. El comentarista accedió. Le pasó un brazo por encima del hombro y la foto fue tomada.

Barbie 3 – Gómez Yonque 0. Esto va a ser una goliza, se dijo a sí misma.

Contrario a lo que calculaba, el tema de la charla no fue el deporte sino las mujeres. Gómez Yonque presumía que en un par de horas tenía una cita con Rosalinda, la recepcionista del canal. Barbie no podía creerlo. Cómo una chica tan linda se dejaría ver en público con un septuagenario. Pero así es el mundo de la farándula. Sus leyes son imprevisibles. Pidió permiso para levantarse al baño. El sillerío se removió en chinga. Dejarla pasar significaba que le verían las piernas en 3D. Camino al sanitario le temblaron las piernas. Su compañera estaba en peligro. Pobre Rosalinda, le chuparían el cerebro.

¿Se atrevería Gómez Yonque a matar a una empleada de Multimiedos?, se preguntó de regreso a su sitio.

Encontró a la mesa deshaciéndose entre risas, menos a Gómez Yonque. En medio de la mesa, como una evidencia de su neofitez, descansaba el ejemplar de *Dios es redondo*.

¿Cultivándote, Moreno?, dijo uno.

¿Te lo obsequiaron en la compra de *Women's Health*?, secundó alguien más.

Déjenla, intervino Gómez Yonque. Se tiene que preparar, no ven que será mi mano derecha.

Todos soltaron el carcajadón. A Barbie le dolió como nunca la había lastimado alguna de sus bromas. Las lágrimas comenzaron a rodarle por los cachetes.

Cómo se atreven a esculcar mi bolsa, estalló.

Nadie la registró, aclaró sereno Gómez Yonque. Movieron la silla y se cayó. El libro salió disparado. Tranquílicese. Cantinero, gritó, un tequila.

Se lo bebió de golpe y salió corriendo de la cantina. Encerrada en su coche, lloró hasta deshidratarse.

Malditos. Malditos todos. Maldito futbol, dijo con rabia.

Se recriminó hasta la autoagresión.

Estúpida, estúpida.

Quince minutos después se había desahogado. Reconoció que traía muchos conflictos arrastrando. Le calaba que Barrios no la hubiera buscado. Se repuso. El episodio le sirvió para renovar sus objetivos.

Barbie reloaded, se echó porras a sí misma.

No se fue a casa. Montó guardia afuera de la cantina. A esperar a que saliera Gómez Yonque para ir tras su huella.

¿Y si lastima a Rosalinda?

Por primera vez en su vida pensó en comprar una pistola.

La mandaría cromar en rosa y le pondría incrustaciones en la cacha.

Hora y media después Gómez Yonque abandonó el tugurio. Lo siguió hasta una colonia de interés social. Rosalinda subió al coche y se encerraron en el motel El Pingüino. Seis horas duró la enjaulada de la parejita. Barbie estaba a punto de llamar al 911 cuando los vio salir del cuarto. Rosalinda no exhibía señas de que hubiera sido violentada. Al contrario, apareció riéndose, con el cabello mojado y del brazo de Gómez Yonque. Se acomodaron en el coche y realizaron el viaje de retorno. Rosalinda fue depositada a salvo en la puerta de su vivienda. En cuanto el coche de Gómez Yonque torció la calle y desapareció de su vista, Barbie se aprestó a interrogar a Rosalinda.

¿Pero sí tuvieron relaciones?

Dos veces.

¿Y te viniste?

Tres veces.

Qué asco. Cómo te atreves.

Barbie, a algunas nos gustan los hombres maduros. Gómez Yonque me atrae.

¿Tomó viagra?

87

No.

¿Y no observaste algo raro?

Se pasa de cortés. Pero fuera de eso su conducta es normal.

¿Segura que no toma viagra? A lo mejor se metió la pastilla antes de recogerte.

Que no. Reconozco a alguien bajo sus efectos. Se ponen rojos como camarón seco. Batallan para respirar como si se hubieran metido mucha cocaína.

¿Ya terminó el libro de Villoro?, le preguntó Gómez Yonque una tarde al final del programa.

Sí, respondió Barbie compungida.

Un regalo, le dijo y le extendió un ejemplar de *Futbol: el juego infinito*, de Jorge Valdano.

Qué regalón, muchas gracias.

No se vaya a ir, le ordenó. Necesito que me acompañe a mi casa.

Por fin, se dijo Barbie a sí misma. Te tengo.

Estaba segura de que Gómez Yonque intentaría seducirla. Si no lo encerraban por asesinato, al menos haría que fuera a prisión por intento de violación. Pero Gómez Yonque nunca se le insinuó siquiera. Se permitió una pequeña pero inmensa libertad. Una cuba de ron. Que eternizó toda la velada. Y que campechaneó con un sifón de agua mineral. Barbie recorrió la casa un par de ocasiones. Nada alertaba sobre las oscuras aficiones de su propietario.

Es un montaje, pensó la exchica del clima. Seguro bajo esta decoración existe un laboratorio para preparar martinis de células madre.

La diversión particular de Gómez Yonque era ver viejos partidos en YouTube.

Ése es la Tota Carvajal, mi máximo ídolo.

No puede ser que a un marciano le guste tanto el fut, dudó Barbie. A lo mejor la estoy cagando. Se me hace que no es caníbal. Pa mí que organiza ritos satánicos.

La cuba hizo efecto y Gómez Yonque se puso sentimental.

Por fin viene el momento romántico, dedujo Barbie. Me mareó con tanto gol para ahora intentar perforarme la red.

Pero las intenciones del comentarista eran otras. Desapareció unos segundos y volvió con un álbum de fotografías. Se aplastó junto a Barbie y le enseñó un retrato. Era un tierno Gómez Yonque a la edad de nueve años, vestido con un uniforme de equipo de barrio y unos chuts. Aquello era oro en manos de sus detractores. Como analista, Gómez Yonque no podía permitirse confesarle al mundo que amaba el futbol. Él era la mano dura, la mano crítica. La que señala. El amor al juego era un sinónimo de debilidad. La pasión estaba reservada para los aficionados. Él había renunciado a ese fervor.

Excepto la doña de la limpieza nadie había visto esa fotografía. Era una muestra de confianza del tamaño del mundo.

Aburrida, Barbie se marchó de casa de Gómez Yonque a las nueve de la noche.

Al día siguiente no pudo desprenderse de la cama. Era demasiado para ella. A Gómez Yonque le sobraban las coartadas. Por algo no lo habían descubierto.

Voy a renunciar, dijo en voz alta. Sonó su celular. Era Rosalinda.

¿Recuerdas que me pediste que te avisara si oía algo extraño?

Ajá.

En la semana tuve luna de miel de seis horas con Gómez Yonque y recibió una llamada. No entendí bien pero oí algo de un cargamento para la logia de los Memitos.

Barbie saltó del colchón y se metió a bañar en putiza. Mientras el agua fría la desapendejaba, reparó en que el asunto era más gordo de lo que conjeturaba. Se trataba de una secta. Y Gómez Yonque era el sacerdote mayor. Estaba cerca de develar el misterio. Si sacrificaban gente en honor a Satanás o se la comían, pronto lo averiguaría. En el canal fue recibida por un montonal de miradas de odio. Había habido despidos masivos. Ella era la candidata número uno para ser puesta de patitas en la calle, pero la retuvieron.

Vieja trepa, dijo un camarógrafo en la recepción, como le está dando las nalgas a Gómez Yonque.

Fuera, fuera, fuera, comenzaron a gritarle en coro los ahora desempleados.

Corrió a ocultarse en el set de *Futbol al día*. Pasada la impresión, no entendía por qué Gómez Yonque había evitado que la botaran de la empresa. Una cosa tuvo clara. Le quedaba poco tiempo.

Se apostó afuera de la casa de Gómez Yonque a diario. Acabó el libro de Valdano y para no morirse de tedio se compró una biografía de Maradona. Los días transcurrieron sin novedad. Hasta la tarde de un sábado en que Gómez Yonque tuvo una tertulia. Los coches se aglutinaban afuera de su propiedad. Uno hasta estaba mal estacionado encima de la banqueta. Ninguno de sus compañeros del programa había sido requerido. Los invitados eran gente que nunca antes había visto, excepto al hombre de la bata blanca del hospital. Parecía una reunión cualquiera. Pero Barbie sabía que algo turbio se cocinaba dentro.

Media hora más tarde, un camión de reparto anónimo, sin publicidad de empresa alguna, se detuvo frente a la casa y Gómez Yonque y el hombre de la bata blanca salieron a recibir varias yeleras de unicel selladas con cinta canela. Ya no dudó. Debía de tratarse de fetos. Si no, entonces por qué la necesidad de preservarlos en refrigeración. Gómez Yonque portaba un mandil de carnicero. La imagen perturbó a Barbie. Le recordó a Reggie Ledoux, el personaje de la serie *True Detective*. Un genocida. Estuvo de guardia toda la reunión. Hasta que se despidió el último de los convidados.

Hasta el próximo sábado, a la misma hora, gritó Gómez Yonque mientras agitaba la mano.

Barbie también abandonó el lugar de los crímenes. En su casa se sirvió un vodka con jugo de uva. No resistió más y le marcó a Barrios para contarle toda la historia.

Estás loca, mujer. Gómez Yonque es incapaz de hacerle daño a alguien.

Tengo indicios que lo inculpan.

Lo que tienes es una sobredosis de *Alf*, *Hombres de negro*, *The Walking Dead* y *El día de la bestia*. Bájale a tus dosis de tv.

Es en serio, Barrios.

Y qué le vas a decir a la policía. Que es el octavo pasajero y viene a lavarle el cerebro a la humanidad diciéndole lo perverso que es el futbol. Lo que deberían es hacerle una estatua por poner en evidencia al cochino balompié mexicano.

Qué ingenuo eres, Barrios. Gómez Yonque ama el futbol.

No tienes idea de lo que dices, dijo Barrios entre risas.
Ay, Barrios.
Explícame cuál es su pecado. Qué hizo. Una reunión.
Voy a denunciarlo.
Déjalo en paz, pobre hombre. No te hace nada.
Me caga que se haga el don Juan.
Es soltero. Y que yo sepa no le pone una pistola a nadie en la cabeza para obligarla a tener sexo con él.
Hay algo muy siniestro detrás.
Qué va a ser siniestro. No dices que te respeta. Que no te coquetea desde que trabajas con él.
Es para que baje la guardia.
Es un hombre que ha enviudado dos veces y sin hijos. Se siente solo. Y tiene derecho a buscar compañía. No lo chingues.
Busca despistar.
Por qué eres una efebita rebelde. Por qué no te dejas conducir y cumples con tu trabajo.
Alguien tiene que ponerle un alto a este monstruo.
¿Monstruo? Pero si me acabas de contar que te subió el sueldo.
Lo tengo decidido.
Haz lo que se te hinche, pero sólo vas a perjudicar a un buen hombre. Tú lo sabes, a mí me caga, pero de eso a inventarle calumnias.
Cuando sus actividades salgan a la luz vas a confirmar lo equivocado que estás.
¿Ahora vas a improvisar que tiene una red de pederastia? Qué te pasó Barbie. En qué momento te convertiste en una efeba salvaje. Si ya estabas bien domesticada. Cuando vayas a la policía, se van a burlar de ti.

Sabes qué, adiós bye.

Después de colgar, tomó su bolso y se dirigió a las oficinas de la judicial.

El sábado siguiente una redada policial irrumpió en casa de Gómez Yonque. Aseguraron algunas iguanas vivas, otras hechas puchero. Varias docenas de güevo de tortuga y cincuenta litros de caldo de caguama. Carne de chango y sangre de tiburón. La banda de los Memitos, sexagenarios y septuagenarios, organizaban bacanales de comida afrodisiaca. Era el secreto de Gómez Yonque para retardar el envejecimiento. Por eso nunca consumía viagra. No le hacía falta. Los arrestaron a todos, incluida la doña de la limpieza, que era la master chef. Al día siguiente la noticia apareció en primera plana:

Cayó La banda de los Memitos. Gómez Yonque, estrella de la televisión local, fue puesto tras las rejas por traficar con especies en peligro de extinción.

Le cayó una condena de años. No alcanzaba fianza. A lo mejor hasta moriría en la cárcel. El director de Multimiedos ofreció una declaración.

Lamentamos la situación por la cual atraviesa nuestro colega Gómez Yonque, una institución. Es un duro golpe para el futbol y para nuestra comunidad.

Para la sociedad, Gómez Yonque no era culpable de nada, excepto de hacer lo que el hombre ha hecho desde que es hombre, luchar contra el paso del tiempo. Pero la Semarnat no opinaba lo mismo.

Futbol al día continuó sin Gómez Yonque. Raymundo Muñiz se quedó a sustituirlo. Sufría glaucoma y no podía ver los partidos. Tenían que contárselos. Barbie dejó de ser la comidilla del programa. Con un look secretarial ocupó un lugar en la mesa de debate. No aportaba una aguda visión sobre el futbol mexicano, pero intervenía en la medida de sus facultades. Eran los deseos de Gómez Yonque. Prepararla para convertirla en la primer analista mujer en el ámbito futbolístico local.

Gómez Yonque, tiene visita, gritó el guardia.

Vestido de caqui, con su peinado a lo Alan Harper de *Two and a Half Men* y sus lentes de fondo de botella, el comentarista tomó asiento frente a Barbie.

Señorita Moreno, ¿me trajo todo lo que le pedí?

Claro chief, dijo y vació el contenido de su bolso. Cuatro kilos de productos de belleza para retardar el envejecimiento.

Perfecto.

Chief, me preocupa, dijo Barbie. ¿No teme que los reos lo golpeen si lo ven todo embadurnado de cremas?

Aquí todos me respetan, señorita Moreno. Saben quién soy. No se pierden el programa. A la hora del programa encienden la televisión del comedor a los presos.

¿Entonces no le preocupa su seguridad?

Para nada. El único peligro que corro es que usted deje algún día de surtirme de cosméticos.

Por eso no se preocupe, chief. Puede contar conmigo. Nunca le fallaré. Vendré a traerle su dotación cada que haga falta.

Se lo agradezco mucho, señorita Moreno. Ojalá existieran más almas como usted en el mundo.

Mundo death

Sepultamos a la tía Mirna. Tan querida. Apareció tarde en mi vida, pero igual le agarré un cariño atroz. Padeció. Pobre. Siniestrada por la leucemia. Maldita enfermedad.

En realidad no era mi tía. Era tía de Alberto. Pero nuestro encuentro me provocó la impresión de ser auténticos parientes. Familiares encubiertos. En ocasiones, la pérdida de un ser querido nos produce la sensación de que ha sido amputado un brazo de nuestro cuerpo. Con la llegada de la tía, yo experimenté el nacimiento de una tercera extremidad superior. Yo era una infiltrada en la familia de Alberto. Así me asumía. Una figura impostada. Y ni el matrimonio por el civil consiguió que Alberto me observara como a un miembro de su familia. Mi suegra era incapaz de acogerme mientras Alberto y yo no nos casáramos por la iglesia.

Pero nuestra boda se aplazó por una serie de tragedias que sacudieron a la familia. Primero fue la muerte del tío Arturo. Hermano de don Beto, mi suegro. Una lenta, larga y penosa agonía lo sacó del partido. Cáncer de garganta. El tío Arturo era un fumador empedernido. A sus sesenta años liquidaba dos cajetillas diarias. Se ufanaba de su salud. No le dolía nada. ¿El cáncer de garganta? Presumía que si no lo había pescado a su edad, ya no lo contraería. Y una mañana la muerte, que había pasado por su vida como por una puerta giratoria que siempre lo devolvía hacia la acera, se estacionó en el vestíbulo de su cuerpo. Entonces, la muerte se convirtió en un micrófono que amplificó todas las dolencias y los padecimientos que el cáncer de garganta como un sonido de alta fidelidad puede proveer.

Y todo el descuido devino en cuidados. Toda la desfachatez se transformó en exagerada asistencia. El tío Arturo se olvidó del tabaco. Los picantes. Los refrescos. Y adiós a la carne asada que era el eje de su existencia. No sólo la vida está conformada de pequeños detalles. La muerte también. Y la gente no muere a causa de las enfermedades. Fallece cuando no puede continuar con su ritmo de vida. Sólo unos cuantos, privilegiados, logran modificar su ritmo vital. Escamotear algunos años el deceso. Otros, como el tío Arturo, cuando saben que no pueden servir más al diablo, se entregan a Dios. Pero se obsequian como sólo se puede aceptar a Dios de verdad, en la muerte. En la inoperancia.

Suplementos vitamínicos, yerbas, dietas, homeopatía, nada salvó al tío Arturo del final. Qué diferencia tan abismal media entre el condenado a muerte y el condenado a la silla eléctrica. El asesino tiene derecho a una última cena. Y si bien, no se encuentra rodeado de apóstoles, se obedece su voluntad. En el caso del tío, estoy segura de que su última voluntad hubiera sido saborear un cigarro. No se habría doblegado tan puro. Tan noble. Tan desintoxicado. Despojado.

La partida del tío Arturo fue el principio del desastre. Cuando fue hospitalizado, el carácter de Alberto se alteró de manera insospechada. Jamás predicha. El enfrentamiento con la muerte nos afecta a todos de distinta forma. Cada uno de los afectados, parientes, amigos, ocupa una posición en una representación, algo teatral, y cumple con un papel predeterminado. Pero no porque se siga un guion el dolor no es genuino. Al contrario, es tan intenso que obliga a los actores a ser tan dedicados que todos trabajamos sin apuntador. Mi papel era acompañar a Alberto, mi marido. Aunque no viviéramos juntos, nos habíamos unido por el civil. Era mi esposo ante la sociedad.

Sin embargo, Alberto ignoró el guion. Se comportó de manera introspectiva, intratable. No escandaloso, no desaliñado. Callado, quieto. Ausente. Se impresionó desmedidamente. No era para menos, el tío Arturo era su padrino de bautismo. Yo sabía que la familia era extremadamente mocha, a excepción de mi suegro, un recalcitrante comunista, y el hermano mayor de Alberto, Ramiro, médico de profesión. Por mi parte, yo era una oveja negra demasiado estilizada. No había realizado ni mi primera comunión ni me había confirmado. No me preocupaba ni la religión ni Dios. Pero amaba a Alberto y él anhelaba llevarme al altar. Respeté los sentimientos que producía en él. Me responsabilicé por lo que mi amor producía en él. Aunque en ocasiones tuve la certeza de que me sacaría de blanco sólo para hacer feliz a su mamá. No importaba. Él necesitaba atravesar esa experiencia. Y yo se la prodigaría.

Pese a la mochez imperante, se advertía cierta flexibilidad en casa de Alberto. Yo no vivía con él aún, el plan era mudarme después de la ceremonia religiosa. Sin embargo, los fines de semana se me permitía dormir en la cama con mi esposo. Y durante la agonía del tío Arturo comencé a pensar demasiado en tiburones. En el estado catatónico que algunos estudiosos son capaces de inducir en estos depredadores. Para mí, Alberto se encontraba catatonizado por el trance del tío Arturo hacia la muerte.

Mi tío se está muriendo, Aída, me espetó una noche que intenté hacerle el amor.

Sabía cuánto le encantaba a Alberto hacer el amor. Lo observé tan desconsolado que pensé que eyacular aliviaría un poco su desasosiego. No me pareció vulgar proponérselo. Todos afrontamos el dolor según nuestras debilidades. Mi única manera de confrontar una pena como ésa era haciendo el amor. Yo no sé combatir las desgracias de otra forma. E imaginé que Alberto necesitaba relajarse. Restarse energía. Pero no quería ni darme la mano. Solos, desnudos, en la oscuridad de la habitación, esperábamos que en cualquier momento llamaran del hospital para notificar el fallecimiento. Tal vez a Alberto le parecí una sucia y caliente perra. Pero no era así. A mí también me afectaban los acontecimientos. El estrés se me acumulaba en la espalda. Deseaba dormir, observar cómo la familia se consumía, de dolor, de desvelo, de infortunio, me ponía al borde de un ataque de histeria. Quería cortarme ese acceso. Y la única manera de evadirme era con un orgasmo como los que Alberto me inducía. Ésa fue la noche en que comenzó nuestra abstinencia sexual.

El tío Arturo murió de un paro respiratorio. A una semana del entierro. Con el duelo aún fresco, le pedí a Alberto que me hiciera el amor. Se negó. A mi cabeza vino el recuerdo de una boba comedia romántica hollywoodense. En la historia, la protagonista descubre que no ama a su prometido a raíz del deceso de un ser querido. Sospeché que a Alberto le sucedía lo mismo. La muerte es una revelación. Entonces Alberto había dejado de amarme. Pero por qué no había descubierto con la ausencia del tío Arturo que estaba equivocado en otros aspectos de su vida. En su decisión de comprar un carro del año. En su intención de comprar una casa, si al casarnos viviríamos con sus padres. Por qué había llegado a la conclusión de que yo sobraba en su circunstancia.

No le reclamé nada. Estaba molesta. Herida. Traicionada. Hacía quince años que nos conocíamos. Mi vestido de novia se encontraba a media confección. Sólo la primera comunión y la confirmación me separaban del altar. Había comenzado a asistir al adoctrinamiento, aunque lamentablemente la enfermedad del tío Arturo pospuso mi ritual de confirmación. A pesar de sentirme profundamente lastimada, me ahorré los reproches. Obligué a Alberto a masturbarme. Si no deseaba poseerme, le exigí que me satisficiera. Fue lo más cerca que estuve de una experiencia con un dildo. La frialdad de mi esposo me orilló a pensar en él como un *tupper ware*. Un recipiente de plástico vacío en el que deposité mi frustración sexual. Había oído a amigas que utilizaban a hombres para masturbarse, los usaban y los desechaban como a toallas sanitarias. Pero eran desconocidos, palos pasajeros, garrotes aventureros. Alberto era mi esposo. Yo necesitaba su amor de esposo.

Quince días de duelo no fueron suficientes para restablecer la paz de mi Alberto. Me arrepentí por exigirle que me masturbara. Mi esposo no planeaba abandonarme. No existían indicios de que se fuera por cigarros a Hong Kong. Era tan introvertido que es posible que no consiguiera digerir la muerte del tío Arturo. Pero como era tan inexpresivo, no deduje que en realidad estaba sufriendo. Mi paranoia femenina me empujó a dilucidar lo más obvio, que había perdido su amor. Pobre Alberto. Al masturbarme debió sentirse como una amiga mía a la que su novio la forzó a que se la mamara en el funeral de su padre. Y si al final, con toda la pesadumbre que experimentaba, me complació, es porque en realidad me seguía amando. Me prometí jamás volver a instarlo a la fuerza a masturbarme ni acostarse conmigo.

Las desgracias no vienen solas, había profetizado mi suegra. Y en efecto, antes de cuatro semanas, Arturín, el hijo del tío Arturo, primo de Alberto, se había estrellado en su camioneta contra la barda de una escuela secundaria. La misma secundaria que habían cursado juntos, en un plantel que se hallaba a la vuelta de la casa de mis suegros. Era un sábado en la madrugada. Desnudos, sin tocarnos, Alberto y yo oímos el estruendo de la camioneta. Despertamos sobresaltados. Como una premonición venida del sueño, Alberto mencionó el nombre de Arturín. Salió a la calle seguro de que la ignominia que acababa de ocurrir le correspondía a la familia. Y acertó. Su primo yacía muerto. No se requirió la presencia de la Cruz Roja. Se había devastado. El impacto acabó con Arturín de manera instantánea.

Arturín sólo tenía veinticinco años, los mismos que Alberto. Su tragedia sólo vino a inducir más ofuscamiento en mi esposo. Su desvarío se intensificó. Y nadie, en absoluto, lo padecía, excepto yo. Alberto al parecer era el mismo. Se levantaba para trabajar. Comía. Cagaba. Sin embargo, cada vez se alejaba más de mí. Era como si yo fuera culpable. La responsable. Un recordatorio de la desgracia.

Mis suegros vivían a media cuadra de la parroquia de la Sagrada Concepción. Todos los días, a las siete de la mañana sonaban las campanadas de aviso para la misa de las ocho. Los fines de semana, el estruendo me despertaba angustiada. Amaba a Alberto con el alma, pero cuando oía el sonido de las campanas sólo anhelaba que llegara el lunes para regresar a mi casa. Me urgía alejarme de la ominosa atmósfera que perturbaba a Alberto. Una intranquilidad incomprensible. Alberto rezaba a diario. Leía la Biblia. Y aun así no lograba calmarse.

He visto a la muerte, Aída, me repetía antes de dormir.

Yo pensé que Alberto hablaba en sentido figurado. Que el acercamiento a los decesos lo hacía expresarse como una persona experimentada en el contacto con la muerte. Para mi mala fortuna, por fin, una noche se *abrió* conmigo y me relató que por las noches una *sombra* de tres metros de altura, una *presencia*, que presentía con las entrañas, se paseaba por toda la casa. La escuchaba subir y bajar las escaleras. Entrar en la cocina. Buscar. ¿Qué buscaba?

El reconocimiento, Aída. Busca reconocerse en alguien.

Atribuí su delirio al agotamiento intelectual. Y físico. La proximidad de las bajas en la familia nos habían acarreado una suma de insomnios y angustia capaz de poner nerviosos a todos los caballos del mundo. Está muy desgastado, pensé. Cansado. Imposibilitado para la claridad mental. Él, por el contrario, manifestaba que se sentía lúcido.

Preparado, Aída. Preparado.

Por fin entendí. Las alucinaciones de Alberto, el presentir al fantasma por la casa, eran producto de la paranoia que ante tanta desgracia le dictaba a mi esposo que él era el siguiente en la lista. O tal vez no. Quizá le tocaba a otro, pero para ahorrar un dolor inconcebible, Alberto deseaba tomar el lugar del próximo señalado. Deseaba interponerse entre la muerte y el objetivo. Y entonces surgió el odio dentro de mí. Alberto nunca pensaba en mí. Él quería sacrificarse por el bien de su familia, pero ¿y la familia que se supone deberíamos formar nosotros dos? Nunca me daba mi lugar. Y nunca me lo otorgaría, estaba tan calculadoramente desquiciado que pensé que, si la muerte no aparecía para reclamarlo, era capaz de inducírsela.

Durante la misa de cuerpo presente, en el velatorio, mientras el sacerdote leía un pasaje de la Biblia, Alberto se puso de pie, y con lágrimas en los ojos comenzó a gritar:

Arturín, Turín. Turín.

El grito, desgarrado e intempestivo, sobresaltó a todos. Pero nadie fue capaz de callarlo. Ni siquiera yo realicé un intento por consolarlo. No existía consuelo posible. Alberto estaba perdiendo la cordura, imaginaba.

Diez días después del sepelio de Arturín, ponían en la televisión una película con escenas cachondas. Mi libido despertó. Era como si la hubiera tenido entumecida un tiempo bíblico. E intenté besar a Alberto. Me rechazó. Lo odié. Comprendía a la perfección que no podía superar los acontecimientos. Pero la vida continuaba. Y que un matrimonio tuviera relaciones sexuales formaba parte de la existencia. Me había prometido no obligar a Alberto a no cometer un acto que no deseara realizar, pero no pude manejar mis emociones, le exigí que me masturbara. Me dijo que sí, ausente, complaciente. Le agradecía la comprensión, pero yo necesitaba sentir su miembro entre mis piernas. Lo odié. Odie su docilidad, su diligencia. Era imposible que me obsequiara un gesto de violencia. Y fue el orgasmo más dulce de mi vida. Tan dulce que en realidad pensé que Alberto estaba próximo a la muerte. Por supuesto nunca me confesó que intuía que la muerte venía por él. Yo concluí que mi esposo no estaba en la lista negra, pero que desviaría la atención de la muerte. Que se suicidaría, se sacrificaría para economizar un dolor irreparable a la familia.

Una vez más dejaba que me dirigiera mi paranoia. Nada en su comportamiento revelaba que Alberto pensara en el aniquilamiento. Ni siquiera bebía. Pero a mí me ignoraba. Los viernes por la noche arribaba a la casa de mis suegros para toparme con su indiferencia. No me besaba. Se dedicaba a ver la televisión. Mientras yo como una idiota esperaba arrumbada a su lado a la espera de un poco de atención. Y al inicio del día, me veía sometida a soportar las campanadas desmañanadoras de la parroquia.

Veo a la muerte, Aída, me insistía Alberto.

Tranquilo, mi amor, rogaba, es tu imaginación.

Atribuirle sus *visiones* al desvelo y al ocio fue un error. Alberto se convirtió en un monolito. Me dirigía la palabra en público. En privado me ignoraba. A mí era a la única persona a quien había confiado su preocupación por la muerte.

Una noche, Aída, abrí los ojos y me miraba a unos centímetros de la cara. Era una mancha oscura. Gigante. Estaba memorizando las líneas de mi rostro.

No se atrevía a comentar nada a nadie por el temor a que presintieran que enloquecía. Y la paranoia tan socorrida, imagino, lo aventuraba a conjeturar que lo podrían ingresan en un manicomio. Entonces sería imposible para él testificar el avasallador comportamiento de la muerte. Pero por disimulados esfuerzos de su parte por evitar una sintomatología del desastre, comenzaba a notarse una modificación en su conducta. En medio de la madrugada, se levantaba frenético y encendía veladoras blancas por todos los rincones de la casa. Mis suegros no se enteraban hasta la mañana siguiente. Y cuando le preguntaban a Alberto el motivo de las velas, él respondía que eran luces para ayudar a los muertos a encontrar su camino hacia la otra vida. Pero en realidad su objetivo era distraer a la sombra que lo rondaba.

Sólo yo atestiguaba el desmoronamiento real de Alberto.

He visto a la muerte, Aída.

Y no era tan descreída de sus aseveraciones. Todos hemos visto la muerte. En un gato atropellado en la carretera. En una cajera de supermercado. En un político transa. Pero no alcanzaba a entender que Alberto fuera una especie de *elegido*. Que poseyera una sensibilidad que le permitiera ponerse en contacto con ese espectro inasible que conocemos como muerte y que suspende la actividad vital. En el infierno era hora de cerrar. Y Alberto era el portero del local. Conservaba una llave que le permitía entrar y salir a su antojo.

La vida está llena de puertas, hija, me dijo el padre de la Sagrada Concepción cuando fui a pedirle consejo acerca de qué hacer en relación a la situación por la que atravesaba Alberto. Y una de esas puertas conduce al más allá.

Si existía algo de razón en las palabras del sacerdote, por qué precisamente Alberto era el responsable de abrir esa puerta. Y si fue así, cómo lo hizo. Acaso era Alberto un hombre tocado por fuerzas inasibles. Acaso era habitado por la gracia de Dios. Entonces, por qué no poseía la sapiencia suficiente para manejar sus emociones. Por qué padecía yo todas sus inseguridades.

Ven, reza conmigo, Aída, me pedía.

La muerte. ¿Has visto otra vez a la muerte?, Alberto, le preguntaba pero no obtenía respuesta.

Pero sus actos me decían que sí. Que la muerte seguía hospedada en casa de mis suegros. Un fin de semana que aparecí por allí, en lugar de todos los cuadros y fotografías que colgaban de la casa, descubrí imágenes religiosas. El Sagrado Corazón de Jesús. La Virgen María. Jesucristo. Y al cuestionar a mi suegra por la decoración, respondió satisfecha:

Alberto, que ha sido tocado por uno de los dones del Espíritu Santo: el temor de Dios.

Pero Alberto estaba en paz con Dios, su conflicto era para con la muerte.

Durante dos semanas, la calma volvió a la familia. El duelo se reblandeció con las vicisitudes de la vida diaria. Se atenuó el dolor desviado por la carga de los recibos de agua y luz. Por las reparaciones a la casa. Por la lavada del carro. Las vacunas de los perros. Pero sin falta, las oraciones se realizaban los domingos a las seis de la tarde. Se normalizó la existencia. Y como estaba establecido, hice mi primera comunión y me confirmé en la Sagrada Concepción. Alberto se sintió orgulloso de mí. Refrendar mi fe en la parroquia del barrio le devolvió algo de cariño hacia mí. Y al final de la eucaristía me obsequió un abrazo portentoso, la primera muestra de afecto en meses. Y lloré de emoción. Lloré porque sentí que recuperaba a Alberto. Su amor. Su predilección.

Pero esa noche, me percaté de la realidad. Él seguía obcecado en sus liturgias.

Reza conmigo, Aída.

Una semana después, apareció en mi vida la tía Mirna. Y la quise encanijadamente aunque sólo fuera mi tía política. Sucede que en ocasiones uno le agarra más aprecio a lo postizo que a lo verdadero. Cuando alguien muere se acostumbra recordarlo por su generosidad. Aunque en ocasiones sea impostada. No por cumplir con el "buen gusto" es que voy a referirme a la tía. En verdad la adoraba. Mencionaré una sola de sus virtudes: su capacidad instantánea para apropiarse el afecto de las personas.

La esperábamos en navidad. Su viaje se postergó. Le diagnosticaron leucemia. Los doctores atenuaron el padecimiento con la advertencia de que no era fulminante. El tratamiento apropiado le aseguraría a la tía diez o veinte años más de vida. Vivía en Dolores, Hidalgo. La entidad no contaba con una clínica de especialidades. En enero la tía se instaló en casa de mis suegros. La conocí un sábado a la hora de la comida. Para el domingo a media tarde éramos entrañables. Le agarré ley por su solidaridad. Desde su llegada procuró inculcarle a Alberto lo innecesario de posponer la boda. Su presencia no debía alterar los planes. Ella acudiría a sus consultas. Y, como aseguraban los especialistas, contaríamos con su presencia en la iglesia el día de la ceremonia.

Pero la actitud de Alberto era evasiva. Con la instalación de la tía se incrementó su obsesión por la muerte. Los fines de semana por las tardes, para matar el tiempo, mi suegra, la tía y yo jugábamos canasta. La tía Mirna me conquistó no sólo por su insistencia hacia Alberto para que nos casáramos a la brevedad, que aceleráramos la boda, sino porque desde que nos saludamos, al ser presentada como la esposa de Alberto, me regaló la sensación de no sentirme tratada como una advenediza.

La calma volvió a descender sobre la familia. Por un periodo la muerte se esfumó de nuestras cabezas. Pero entre Alberto y yo imperaba aún la inactividad sexual. No entendía por qué simplemente no rompía el compromiso. Al parecer se sentía cómodo en la indiferencia. No le preocupaba el desgaste por el cual atravesaba nuestra relación. No se molestó ni siquiera la ocasión en que le referí que si él no me proporcionaba sexo, encontraría alguien que lo hiciera. No. Alberto estaba ausente. De verdad. Se situaba en un punto indoloro en lo que respectaba a mí, pero profundamente sensible en lo correspondiente a la tía.

Y sucedió, volvió a mencionarme sus *visiones*.

He visto a la muerte, Aída.

Y sus premoniciones se materializaron. Un día, recibimos la noticia de que la cuñada de mi suegro había sido fulminada por un paro cardíaco. Y experimenté temor. ¿Y si en realidad Alberto era un prestidigitador que anticipaba las muertes? ¿No estaría mi esposo prefigurando mi propio fallecimiento? ¿Acaso no quería hacerme el amor por el remordimiento de saber que estaba destinada a desaparecer en breve? ¿Por tal motivo se obcecaba para que rezara con él? ¿Le causaba repugnancia tocarme cuando sabía que mi fin se aproximaba?

Suspendimos mi despedida de soltera. La aplazamos para velar a la cuñada de mi suegro. Pobre mujer. Vivía sola. Y aunque su muerte no fue agónica como la del tío Arturo ni dramática como la de Arturín, me sacudió la caída de la señora. Me pegó. Yo me sentía sola. Es probable que mi soledad fuera la causa de que me identificara plenamente con la tía Mirna. Ella también naufragaba sola. Su vida estaba llena de traición, desgracia y desastre. En su juventud había contraído nupcias con un hombre culto. Un intelectual. El señor idolatraba los libros. Poseía una nutrida biblioteca. La tía se embarazó. Pero comenzaron a surgir rumores en torno a la figura de su esposo. A los oídos de la tía llegaban chismarajos de que su cónyuge era homosexual. Ella ignoró los comentarios. Aludía a la ignorancia de los vecinos aseveraciones tan mala leche.

Existen seres para los cuales la vida sólo es viacrucis. Las adversidades, sin duda, promueven el aprendizaje. Pero una gran cantidad de desdichados cambiarían sin pensarlo todo el aprendizaje por algunos momentos de dicha. Y la tía Mirna pertenecía a esta clase de personas. El primer golpe que recibió fue la pérdida del producto. Su mala racha comenzó con un sangrado inexplicable. Apenas tenía cinco semanas de haber sido fecundada. Dos semanas después de una indetenible hemorragia, arrojó un domingo por la mañana un fragmento de tejido. Era el saco. Se había producido un aborto espontáneo. Un legrado extrajo los restos de carnosidad que se hospedaban en su matriz.

El segundo golpe se lo asestó su esposo. La tía era profesora de primaria, y una tarde, al volver del turno vespertino, descubrió a su cónyuge en su propia cama con su amante. Un hombre vulgar. El propietario de la tiendita de la esquina. Feo. Desagradable. Y la tía lo abandonó. Renunció al amor profesado. Jamás se divorció legalmente. Los términos de la separación la tía no los refirió con detalle. Sólo me confió que nunca volvió a saber nada de su exmarido. Ni entabló contacto con la familia. Ni le interesó, en sus momentos de soledad, de desesperación, reconstruir su matrimonio. Y lo que más admiraba de su cansina voz era la serenidad de sus palabras. Se expresaba sin un ápice de amargura. No odiaba ni a su ex, ni al amante, ni a la vida.

Tiempo después de sufrir los dos descalabros conoció a César. Un chiapaneco de quien se enamoró profusa, desperdiciada, desprejuiciadamente. La idiosincrasia de la época tenía a César agarrado de los güevos. Su familia le había concretado un matrimonio por conveniencia con su prima. E hizo una elección. Prefirió casarse con su prima a rebelarse. Durante ese trance la tía descubrió que estaba embarazada por segunda vez. Y fue César quien le asestó el tercer golpe. El más terrible. Un hombre no debe dejar a su pareja esperando para casarse con otra. Pero era la adoración de la tía Mirna. Por eso toleró que César se dividiera. La abnegación, la resignación, eran cualidades inherentes a la tía. Además, él había ocupado un vacío emocional. Y ella se sentía agradecida. Él la proveía de afecto. Y eso bastaba.

A partir del nacimiento de Nancy, César se trasladaba con abúlica frecuencia a la casa de la tía. Y la vida de ambas se convirtió en las migajas que él estaba dispuesto a proporcionarles. Los años transcurrieron y un nuevo golpe cimbró la vida de la tía Mirna. A los catorce años, a Nancy le habían detectado un tumor cerebral. Las incesantes intervenciones quirúrgicas la habían dejado con el oído izquierdo deshecho. Trastornos en el habla. Dificultad al caminar. Pero se había salvado.

Casi veinte años después, ahí estaba la tía, soportando el quinto madrazo. Apoltronada en una enfermedad mortal. Lejos de su hogar. Refugiada en la prodigalidad de su hermano. A miles de kilómetros de su vida. De su barrio. Y sola. Sin el apoyo incondicional de César. Pues él no podía obsequiarse de tiempo completo. Su familia legal sabía de la existencia de la tía y de Nancy. La ausencia prolongada sólo le atraía dificultades. Pero la tía Mirna seguía indómita. Se conformaba con que su pareja la visitara en las condiciones que él estableciera.

Me convertí en la confidente de la tía. Me confesó que se arrepentía de no haber formado una familia. Se refería a una familia convencional. Con un compañero a su lado. Tuvieron que transcurrir sesenta años para que arribara a esta concepción. Se tardó seis décadas en comprenderlo. Al final aceptó que estaba equivocada. Le costó percatarse. La vida se confabulaba para que le cayera el veinte. Y lo consiguió. No importa cuánto se resista una persona, la vida termina por aclararte la mente. Aunque, como en el caso de la tía, fuera demasiado tarde. Y entonces te vas a la muerte sin sosiego. Con desazón.

Por su insolvencia sentimental, por eso, la tía insistía en que no perdiera a Alberto. En que no me desmoralizara. Pero mi esposo pertenece a esa especie de persona que piensa que una habitación limpia hace la diferencia. Que él se esmerara en mantener su vida en orden por supuesto que no cambiaba en nada nuestra relación. Él derrochaba energía en ignorarme. Y cada día que transcurría, me convencía a mí misma de que lo hacía deportivamente. Está aburrido, me dije. Lo nuestro es aburrido.

Recuerdo que algunas tardes, la tía lo llamó a su cuarto. Albertito, mijo.

Y se extendía diligente sobre los motivos por los que era conveniente que él y yo pasáramos nuestra vida juntos. Nunca oí a Alberto contradecir una palabra de la tía. Se desvivía de paciencia para con ella. La tía era una enferma especial. Es una práctica común que el paciente lucre con su padecimiento. Y sus palabras se localizaban lejanas al chantaje. Cada oportunidad que se le presentaba, instaba a Alberto a que no esperara más para llevarme al altar. Y él la escuchaba. Pero no estaba ahí. Su cabeza se arrellanaba en la muerte, Aída. La muerte.

La convalecencia de la tía no fue un ardid indomable. Ni parecía que estuviera enferma. Sus síntomas eran hematomas en el cuerpo y agotamiento. Los médicos aseguraban que no corría excesivo peligro. La leucemia es letal en la niñez. A su edad, es controlable. Así que el refrendo de la muerte pronosticado por Alberto parecía detenerse. Es verdad, se anticipó en ocasiones, pero la tía rompería la cadena. Al menos la que correspondía a la precariedad que Alberto le confería a que la muerte rondara la casa de mis suegros. La tía, repito, llevaba una vida normal. Comía como bendita, jugaba canasta por las tardes, profesaba su devoción por el menudo los domingos. Para caminar se ayudaba de un andador. Y en sus mejores momentos atravesaba la calle por su propio pie para comprarse un raspado de limón.

Veneraba a mi suegro. Le tenía ley. De todos sus hermanos, era a quien más procuraba. Se podía advertir en la manera en que lo miraba. Sus ojos se inundaban de prodigio cuando nos sentábamos todos juntos a la hora de la comida. Y la prueba más contundente radicaba en que no deseaba trajinar de casa en casa mientras se le auspiciara en la casa de mis suegros. Insisto, la tía Mirna no aparentaba el cáncer. Y por cómo la observábamos, plena, matona, machinzota, creímos en las palabras de los especialistas. Auguramos que tendríamos tía Mirna para rato.

Su permanencia en la casa se volvió imponderable. Sólo se ausentaba para recibir la quimioterapia. O para presentarse a consulta. Pero rápido la teníamos de regreso. Tan pica para la canasta como siempre. Tan querida. La tía.

Los planes de boda se mantenían firmes. Habíamos presentado la papelería en la Sagrada Concepción. Alberto no se oponía a los trámites. Pero su conducta hacia mí se manifestaba cada vez más fría, más distante. Ni hablar de relaciones sexuales. Después de casi dos meses de abstinencia sentí que volvía yo a ser virgen. Entonces descubrí que Alberto estaba consultando a un terapeuta. Él mismo me lo confirmó. Y pensé que las visitas se relacionaban con su temor a la muerte. Pero no. Ni a su terapeuta ni en secreto de confesión mencionó algo sobre sus visiones. Jamás me enteré qué le platicaba al psicólogo.

El medicamento que administraron a la tía no arrojó buenos resultados. Ni la quimioterapia intravenosa ni la oral lograron combatir la leucemia. Los especialistas no se desalentaron. Cambiaron el tratamiento. Si tampoco surtía efecto, cambiarían una vez más, y otra, hasta descubrir el indicado. Y todos confiamos, no por la fe en la medicina, sino por la fe en la tía Mirna. En cómo la veíamos. Lozana. Imbatible. Sólo de vez en cuando la apabullaban unos bajones. La debilidad la postraba en la cama. Pero con una dosis de plaquetas se le recargaba la pila. Y de nuevo, órale, a jugar canasta, a comer menudo, a cantar las canciones del Fonógrafo, una estación de radio que programaba pura música chagalaga.

Empecé a sentirme galopada por la paranoia a causa de las visitas más continuas de Alberto a su terapeuta. Algunos hombres, como mi esposo, necesitan vivir sesenta años para dejarse de pendejadas y abrazar la vida. No le bastaba con una esposa, con la religión, era un eterno inconforme. Qué esperaba para considerar que formaríamos una familia independiente. No una pareja incrustada en la familia que formaban mi suegro y mi suegra: ¿Que sus padres murieran? ¿Que se quedara solo y muriera sin nadie a su lado? No estaría en paz hasta que se quedara con las manos vacías. Y por paz no me refiero a felicidad. Sería un nuevo motivo para autoflagelarse.

Por esa fecha perpetramos un anodino viaje a Zacatecas. Ni el rumbo ni la distancia distrajeron a Alberto de sus cavilaciones. Se refundió en el hotel a observar la televisión mientras yo recorría la ciudad sola. Rompí una vez más mi promesa. Forcé a Alberto a que me masturbara. Fue un orgasmo amargo. Un orgasmo de rencor. Pero él no se atrevió a pronunciar una palabra de desaprobación.

Mi suegro había conducido a la tía Mirna a una consulta con el oftalmólogo. Era viernes por la mañana. A la salida del consultorio sufrió un desvanecimiento y se quedó internada. Habían coincidido en que lo conveniente era que permaneciera en observación. Y comenzó el verdadero tormento, para la tía, para la familia. Nancy cuidaba a la tía todo el día. Mi suegro pernoctó en una silla junto a la cama de su hermana durante cuatro noches seguidas. Pero su úlcera, su edad y su hipertensión lo tronaron. Una mañana, mientras realizaba unas compras en el centro comercial se desmayó. Telefonearon a la casa y fuimos a recogerlo. No podía manejar. Permaneció en cama con suero durante setenta y dos horas.

Fue una señal de alarma que no pasó desapercibida para Alberto. Toda la semana se mostró más intranquilo que nunca. Y me odié. Me reproché mi falta de comprensión hacia mi marido. Él sospechaba que su padre sería *recogido*. Cómo era posible que fuera tan desconsiderada para pedirle que me consintiera sexo mientras él sólo pensaba en la supervivencia de su padre. Pero la culpa era suya. No hablaba. No me explicaba lo que le sucedía. A mí no me quedaba otra salida que pensar que había dejado de interesarse en mí. No encontraba otra forma de interpretar los acontecimientos.

El lunes, contra la insistencia de Alberto, la terquedad de mi suegro lo mantenía otra vez como guardia nocturna de la tía Mirna. Ella transitó la semana estable. Su dosis de plaquetas la sacaba a flote. Se habló de una posible alta para el viernes. Nos entusiasmamos con la idea de tenerla de vuelta en casa. Habíamos atravesado por tanta penuria sin reportar ni una sola baja. Llegó el viernes y la tía siguió internada. No nos explicábamos por qué. Habían pasado quince días desde su reclusión.

El sábado la tía sufrió un derrame cerebral. La presión psicológica, el agotamiento, la orfandad de encontrarse lejos de su hogar, por fin habían cobrado la factura. La desolación descendió sobre la familia. La antesala de la muerte duele. Pero en un caso como el de la tía Mirna uno no alcanza a comprender la magnitud de tal dolor. ¿No era suficiente todo el pantano que había atravesado? ¿No era suficiente lección de vida su pasado? Ahora debía anclarse a un respirador para aferrarse a la existencia.

Por la tarde, Alberto estuvo llorando.

Mi tía se está muriendo, Aída.

Para distraerlo, cansarlo, lo saqué a dar un paseo por una placita. En el trayecto hablamos de la boda. Aseveró que le urgía casarse. Me detalló un sinfín de planes que jamás me había transmitido. Anhelaba llevarme de luna de miel a Cancún. Deseaba pintar el cuarto. Tener un hijo. Mi esperanza era que no fuéramos al hospital, temía que Alberto sufriera un ataque de pánico al visitar a la tía.

Pero la caminata no fue suficiente para distraerlo.

He visto a la muerte, Aida.

Regresamos a la sala de urgencias. Yo decidí no entrar a mirar a la tía. Me resultaba morboso.

El domingo, Alberto prefirió no asomarse por el hospital. Ese día falleció la tía Mirna.

Después del funeral, Alberto fijó la fecha de boda en dos semanas. Desde hacía un tiempo me sentía débil. Lo atribuí a tanto desgaste. Apenas salíamos de una funeraria volvíamos a entrar a otra. Había acudido a hacerme unos estudios para descartar cualquier posibilidad. No le conté nada a Alberto para no abrumarlo más. Apenas empezaba a descender su paranoia. El día que me entregaron los resultados era mi prueba de vestido. Antes de llegar a la tienda de novias pasé por los laboratorios. No me dio tiempo de abrir el sobre. La costurera me esperaba.

This is not a love song

E l amor engorda a la gente, dijo Porcel.
¿Y la felicidad?, preguntó el médico.
También.

Qué engorda más, Porcel, perdón, Tony, ¿el amor o la felicidad?

El amor.

Pues vaya que eres un hombre enamorado. Seré directo: si continúas con este estilo de vida morirás antes de cumplir los 40.

Porcel acababa de cumplir 37 años de edad.

Estás en nivel 3 de obesidad, tienes alto el colesterol y los triglicéridos, prosiguió el doctor, hipertensión, ácido úrico. Pero lo que más me preocupa es tu hígado, parece un hongo enlamado. Te urge bajar de peso.

No sé si lo consiga, doctor, se sinceró Porcel.

Tu vida corre peligro, Tony.

No lo hago a propósito, doc. No puedo explicar por qué, pero siempre que consigo novia subo de peso.

No es indescifrable, dijo el médico. Cuando uno está feliz y despreocupado se alimenta sin remordimientos.

No voy a cortar a mi novia, doctor.

No es indispensable que la cortes, Tony. Con que te contengas es suficiente. No te atranques y sal a caminar.

No doctor, no importa lo que haga, no voy a perder kilos a menos que la deje.

Y tu novia qué opina de tu obesidad.

Fabis se queja de que cada vez que me abraza le cuesta más trabajo abarcarme con los brazos.

Le apodaban Porcel por el cómico argentino del show *Las Gatitas de Porcel*. Tony no era el típico obeso acomplejado. Era un gordo con pegue. Lo asediaban las mujeres. Comenzó a asociar su sobrepeso con sus relaciones sentimentales en la preparatoria. Era regordete, tirando a fofito. Hasta que conoció a Valerie. El salón entero se la saboreaba. Pero Valerie tenía programado encariñarle cuchillo y tenedor a las carnitas de Porcel. El chancho del amor. A diferencia de otros mantecosos, la humanidad de Porcel despertaba envidia y admiración. Cuando sea grande quiero ser como tú, le espetaban, pero no por su tamaño.

Noviaron durísimo sin que Porcel aumentara de volumen. Hasta que se la pimpeó. Apenas tuvo sexo empezó su problemática relación con la báscula. Como puerco de laboratorio en experimento científico, Porcel comenzó a ensancharse. Pero esto no supuso un problema, al contrario, mientras más empuerquecía su éxito con las morras se consolidaba. El aumento de su popularidad desquiciaba a Valerie. Comenzó a celarlo con enjundia.

Tony me provoca lo mismo que sienten otras morras al ver a Fassbender, le confió a una compañera.

Valerie y Porcel tronaron por culpa de la celotipia.

Traga hasta que revientes, le gritó.

Pero no se le concedió el deseo. Porcel se agüitó mortalmente y comenzó a perder sexapil. Hasta ser el mismo de siempre. Tampoco había enflacado como para que le quedara grande el traje. Desnudo frente al espejo observaba que la piel no le colgaba como si hubiera perdido tallas de más.

¿Estás a dieta?, lo interrogaban.

Pero su encanto no decayó. Monique, una de las tantas que hacía lista de espera, se lanzó con arpón sobre la corpulencia de Porcel. Y como un vil marraniciento, resurgido el amor, se convertía en una calabaza gorda gorda. Entre más grasa aglutinaba mayor era su pasión por el romance en turno. Cortó con Monique. Y la operación se repitió. Bajó de peso. Brincó a otra relación y otra vez a embarnecer. No importaba cuánto ejercicio hiciera, mientras fungiera como un don Juan sería una res sicalíptica.

A las mujeres Porcel podía amarlas pero jamás confesarles su circunstancia. Quién desea cargar con un gordo muerto en la conciencia. Sus conquistas le habían causado bastantes problemas cardiovasculares. Por tal motivo, no podía revelarle su condición actual a su morra. Fabis lo mandaría a la chingada sin tentarse el corazón. Lo tenía amenazado.

O te pones a régimen o se acabó.

Tú sólo estás conmigo por mi dinero, solía bromear Porcel.

Me ahogas, se quejaba ella cada vez que cogían y él se le encimaba.

Por temor de volver a la porqueriza de la dieta del amor, Porcel le ocultó su estado de salud. Al salir de la consulta médica se dirigió a casa de Lidita.

Fabis me va a abandonar.

¿Tan mal te fue con el doctor?, cuestionó al mirarlo tan abatido.

A Lidita le gustaban masudos. Todos sus amantes habían sido masacotudos. La mamá de Porcel apostaba que estaba enamoradísima de su hijo.

¿Crees que no sé identificar la mirada de una mujer enamorada?

Pero Lidita, aseguraba Porcel, sólo era su paño de lágrimas. Su mejor amiga. La única.

En cuanto sepa que tengo hígado graso me va a abandonar, gimoteó.

Calmado calmadito, lo serenó Lidita poniéndole enfrente una rebanadota de pay de queso con fresas.

Lidita era una de esas personas que vinieron al mundo con el don de la cocina pero no tienen nunca a quién cocinarle. Su vida amorosa era una sucesión de fracasos. Era la doctora corazón de Porcel. Siempre estaba ahí para coachearlo.

Esa pinche vieja no te quiere, te exhibe como quien presume un trofeo, le repetía.

A Porcel se lo habían disputado las mujeres de su oficina en una especie de torneo de caza de jabalí.

La amo, lloriqueó Porcel.

Debes contarle lo que ocurre, presionó Lidita.

No. Es capaz de cancelar la boda.

En todos sus años de Casanova, Porcel jamás había sentido el impulso de casarse. Apenas conoció a Fabis le propuso matrimonio.

Tienes que decirle. Si te quiere, comprenderá.

Esperaré a la luna de miel.

Qué novedad, Gor, inquirió Fabis.

El doc dice que estoy al puro putazo. Soy una bestia. Jura que los voy a enterrar a todos. ¿Te conté que mi abuelo vivió ciento un años?

Pues yo cada vez te veo más agostadito. Estás hecho un puercosaurio.

Deben ser los nervios.

Desde que Fabis había aceptado ser su prometida, Porcel notó que se expandía más y más.

Soy un satélite de amor, presumía.

Ganaba kilos de manera tan escandalosa que Fabis lo mandó al doctor.

Acaso es un problema de tiroides, diagnosticó Fabis.

Pero no. El culpable era el amor. Se asumía víctima de una especie de maldición. Era como si con el beso del príncipe la bella durmiente en lugar de despertar se hubiera inflado como un zepelín.

Acostada sobre la cama de Porcel, Fabis elaboraba planes para su vida marital.

Tendremos una hija. Se llamará Mia. No, Vera. No, Lucienne.

Porcel la dejó hablando sola. Al volver del baño Fabis lo regañó.

¿Es que nunca piensas componer esa puerta?

Desde el inicio de su relación la puerta había sido el chuchuluco de la discordia. Porcel apenas cabía.

Qué incómodo, se quejaba Fabis.

La puerta era demasiado estrecha. Obra de un albañil borracho. A los catorce años, cuando tumbaron una pared y transformaron un baño inhabilitado en el cuarto de Porcel, no representaba ningún problema. Pero ahora, con su gordura prenupcial, era mortificante. Como cuando sumes la panza en el torniquete de los baños públicos. Pero a Porcel no le molestaba. Era Fabis la que hacía el entripado.

Es de pésimo pésimo gusto.

Para qué la arreglo. Después de la boda ya no dormiré aquí.

Todo lo dejas para después. Me prometiste que adelgazarías para la boda.

Lo he intentado.

Ya no te va a quedar el smokin.

En la noche saldré a caminar. Orita hace mucho sol.

Pero si está nublado.

No, está lagañoso. Y ése es el peor sol. El que chinga quedito.

Más te vale verte bien en la ceremonia religiosa, Tony. Tenemos que lucir guapos guapos.

No te preocupes, mi amor.

No entiendo cómo ese doctor te solapa tanto.

Qué quieres, es mi constitución de hierro.

Me parece ridículo que no te someta a una rigurosa dieta.

Cuando quieras acompáñame a visitarlo.

Es momento de que te ingrese a Tragones Anónimos.

No exageres.

Cuánto pesas.

126 kilos.

¿Y crees que exagero?

Mira, soy un hombre enamorado. ¿De acuerdo? Estoy feliz. Mi taxonomía es herencia familiar. Siempre hemos sido grandes.

Te lo advierto, Tony, si no le paras a la comida te voy a internar en Tragones.

Está bien, me voy a moderar.

Vienes más relleno de amor que nunca, Tony, dijo el doctor.

Me siento fatal, doc.

Enfermera, tómele la presión por favor.

Me siento muy mal.

Traes la presión altísima. Te voy a dobletear la dosis de Captopril.

Ya no encuentro ropa de mi talla.

Tony ¿has llenado un globo con agua?

Sí, doctor.

¿Qué pasa cuando le echas agua de más?

Revienta.

Bien, pues tú, Tony, eres un globo al que no le cabe más agua. Una gota más y vas a estallar.

No me diga eso.

Es inobjetable que te pongas a dieta de inmediato.

Pero cómo me pide eso.

Eres alerta roja.

Pero cómo me pide eso si me voy a casar.

Pues por lo mismo.

Es inhumano doctor. Mientras todos en la boda se atascan de asado, ¿yo voy a cenar lechuga?

Si no te pones a dieta no habrá boda.

Es inútil, doc. Si pretendo bajar de peso tendría que mandar el casorio al diablo.

Cuántas veces te lo tengo que repetir, Tony. Lo que engorda es comer compulsivamente, no el amor.

¿Tragones Anónimos?, gritó Lidita. ¿Tragones Anónimos?, repitió con indignación. Desgraciada.

Me tiene amenazado, contestó Porcel.

¿Quieres pastel de carne?

No, gracias. Tengo que mejorar mi alimentación.

Se la pasa atacándote por ser gordo.

No es una mala persona.

No lo hagas por ella, Tony. Hazlo por ti.

No me queda otra opción. El doctor asevera que estoy a un paso de la muerte.

Los doctores son unos timadores. A una prima…

Necesito tu ayuda, le dijo tendiéndole una hoja.

Qué es esto.

Es la dieta South Beach. Es el programa para la primera semana.

Y qué quieres que haga. ¿Que te la prepare?

Sí, por favor. ¿Podrías hacer eso por mí?

Ay, Tony, claro que sí. Por mí encantada de tenerte todos los días a comer aquí.

Planeaba mandarte al repartidor de la oficina.

Amo demasiado la comida como para servirla en una caja, lo sabes. Nada se compara a comer calientito.

No quiero ocasionarte broncas con Gustavo.

Ay, ése. Rompimos.

Pero si jedían a casamiento.

Es un patanazo.
Lo siento.
No me des el pésame.
Parecía buen pelado.
Soy un imán de patanes. Y a ti te siguen puras viejas superficiales.
Qué jodidos estamos.
Las frívolas no deberían enredarse con llenitos.
Nadie debería enamorarse de un gordo como yo.
No digas eso, Tony. Muchos cabrones quisieran tener tu éxito con las mujeres.
Yo no me lo explico.
El pegue no depende del físico. Es algo con lo que se nace.
¿Y yo nací para don Juan de Marco?
Así como otros pa futbolista.
En todo caso nací para balón.
A lo mejor yo soy la que te mete en problemas.
¿Con Fabis?
Va a decir que me estás pimpeando.
Ni me pela. Desde que comenzó los preparativos de la boda no hemos tenido sexo.
Pues por lo mismo.
Además sabe que somos amigos. Te tiene confianza.
No creo.
¿Por?
Eres el güey más moja brocha que conozco.

La dieta no funcionó. Porcel no hizo público su régimen. Sin embargo, las morras de su oficina lo intuyeron. Las mujeres en busca de una relación desarrollan poderes telepáticos y hasta telequinéticos. Comenzaron a bombardearlo con viandas. Y con gorditas, burritos, lonches, reliquia, tacos de barbacha, postres. Jamás una manzana o un plátano. Consideraban la fruta y la verdura indignas de sus dimensiones. Porcel estaba impedido para el desaire. Desayunaba como un príncipe en el hogar materno, se atascaba como un rey en la oficina y se hacía la mosquita muerta con la dieta South Beach en casa de Lidita.

Porcel ganó grosor. Y comenzó a ser cliente del pánico. Ora sí, ora sí. Me va a botar, se lamentaba.

Fabis le había impuesto un plazo. Y la fecha límite se aproximaba. En un par de semanas Porcel se enfrentaría a la báscula.

Cuántos ultimátum es capaz de soportar Fabis, se preguntaba seguro de que si no pasaba esta prueba no habría otra.

Por primera vez desde que empezaron los conflictos por su tonelaje consideró la posibilidad de salir a caminar. Cuando terminó de abrocharse los tenis decidió que era inútil. Era demasiado tarde.

No voy a dar el peso ni aunque recorra cinco veces la Muralla China, se dijo abatido.

Mientras Fabis acudía a citas con la costurera, la peluquera y la florista, Porcel aceptó todas las invitaciones a cenar que le extendían. No es que se propusiera echar todo a perder. Pero como lo establece la ley del plato (entre más alto arrojes un plato al aire más añicos se hará al estrellarse contra el piso), Porcel tenía que caer como los grandes. Con todo el peso que la situación ameritaba.

El día llegó y Porcel se inmoló ante la báscula.

¿136 kilos?, gritó Fabis histérica. Cómo es posible. Se supone que estás a dieta.

Chiquita, dijo Porcel, pero antes de que esgrimiera la disculpa que había ensayado durante semanas Fabis lo interrumpió.

Eres el colmo de la gordidez. ¿Así es como me pagas la fe que deposito en ti?

No es mi culpa, se defendió Porcel. Tengo metabolismo perezoso.

No groso, graso error. Fabis se descosió. Eres incapaz de contenerte, lo sé. Tan viendo que el querubín es chonchito y le dan vitaminas.

Escucharon un toquido. Era la madre de Porcel. Está todo bien, preguntó.

Sí, mamá, respondió el hijo.

Eres incapaz de hacer una abdominal, atacó Fabis. Y con los mimos de la puta esa menos. ¿A poco crees que no sé que te alimenta a diario?

El toquido se repitió.

Vete, mamá, insistió Porcel.

Seguro te la estás pimpeando.

Lidita y yo sólo somos amigos.

Esa pendeja está enamorada de ti.

Te equivocas.

Le gustan los matalotes como tú.

Entiendo que estés decepcionada de mí, pero eso no significa que me acueste con Lidita. Te amo a ti.

Derrotada, Fabis se aplastó sobre la cama y se puso a jugar con sus llaves. Fijó la vista en la puerta.

Escúchame, Tony, le dijo con frialdad.

No te encabrones, soltó Porcel.

No estoy encabronada.

Lo siento.

Escúchame, Tony, déjame terminar.

Chiquita...

Se acabó. No voy a casarme contigo.

A Porcel se le escaparon las lágrimas.

Puedes rogarme, arrastrarte, suplicar. No cambiaré de opinión.

Estás siendo muy dura conmigo.

No, Tony. Las cosas se salieron de control.

De qué hablas. Sal a la calle. Mira a la gente. El mundo está lleno de gordos. Yo no soy ningún fenómeno.

Tony, necesitas ayuda. Nutrióloga, Tragones, dieta macrobiótica.

Agarró su bolsa y se fue.

Porcel se arrancó a chillar a grito pelado. Sus alaridos le impidieron oír los toquidos en la puerta y a su angustiada madre.

Hijo, ¿estás bien? No llores, hijo de mi vida.

Entonces inició la verdadera debacle para Porcel. Comenzó a desinflarse escandalosamente. Las viandas se apelmazaban en su escritorio.

"Tota, te he dicho que no cojas a nadie por la noche", bromeaban sus compañeros para acercarse a chingarle la comida que él despreciaba.

Tota era un personaje del show del auténtico Porcel. Y los más carrillentos de la oficina le decían así a Tony por maloras. Incluso durante una fiesta le pintaron los labios y le pusieron una peluca. Pero a Porcel le valió madre. Estaba sumido en el achicopale. Todas las morras de la oficina intentaron sacarlo a bailar.

Ándale, Porcelito.
A Tony se lo estaba cargando la chingada por Fabis. Fue la última ocasión que salió. Rechazó todas las invitaciones a cenar. Las insinuaciones. Y las abiertas propuestas a pimpear.
Estamos atestiguando la muerte de un galán, dijeron en la oficina.
Si serás güey, le confesó un compañero a Porcel. Esta pary la organizaron las viejas para festejar que ya no te vas a casar. A nosotros nos requirieron nomás por deporte. Vinimos a ver cómo babean por ti.

Por qué no frecuentas a una nutrióloga, le preguntó Lidita mientras le servía la dieta South Beach.
Porque me voy a enamorar de ella.
De cuántas te has empelotado.
De seis.
Tú eres como yo. Me he obsesionado con mis últimos cinco psiquiatras.
Porcel continuaba con el régimen. Comían juntos a diario.
No hace falta la nutrióloga mientras siga la dieta.
Cuántos kilos has bajado.
Quince.
Qué gran progreso. Si sigues a ese ritmo pronto perderás 30 y luego 45. Aunque la verdad para mí estás bien mangote así tal y como estás.
Gracias.
¿Has sabido algo de Fabis?
No.

¿Y no piensas buscarla?, consultó Lidita con cautela. Para de inmediato arrepentirse de la pregunta.

Cuando compras un pasaje a la chingada no te venden el boleto de regreso.

Me alegro, Tony. Esa vieja sólo te hace sufrir. Luego te levantas una de las cuscas de tu oficina.

No necesito que me consigas novia.

Lo sé. Eres el Ryan Gosling de la empresa.

Siempre que me desenamoro pierdo peso. No puedo volver a engordar. El doctor me tiene sentenciado.

El doctor está celoso de tu encanto.

Porcel sintió que Lidita lo chuleaba más que de costumbre.

¿Le estará tanteando el agua a los camotes?, se preguntó. Nah, concluyó. Es mi mera compa.

Vi a tu ex en un bar con un bato, le chismeó un compañero a Porcel en el comedor de la oficina.

Decidió entonces retomar su vida social.

No voy a involucrar el corazón, se prometió.

Comenzó a salir con viejas sin subir de peso.

Seguía prendado de Fabis, pero tras unas semanas depre y unos acostones, Porcel volvía a ser el mismo de siempre.

Empezabas a preocuparme, le dijo un amigo en otro bar. No existía ocasión que no nos viéramos que no me presumieras tus gatitas.

Porcel no lo notó, pero desde el comienzo de su relación con Fabis había dejado de hablar de mujeres. Su único tema de conversación.

Era como si te hubieran capado, juzgó el amigo.

Es amor, pendejo, le contestó Porcel.
Qué, preguntó, no escucho, la música está muy alta.
Que voy al baño, gritó Porcel y se largó del lugar.
Perdió cinco kilos más. Se bajó de la báscula con una sonrisa.
El doc estaría orgulloso de mí, se dijo.
Pero no tenía necesidad de visitarlo.
Es una pena que el doctor sólo me vea cuando manejo la peor versión de mí, se lamentó. A ver si un día de estos le llevo un regalo, un tequilita, para presumirle mi figura.
En la oficina la noticia de su fallida boda seguía siendo tendencia.
¿Sabes lo que está escrito en el baño de mujeres?, le preguntó un compañero.
No.
Porcel está de regreso.
Y con ese motivo se salía todas las noches a antrear. Había vuelto a la soltería perniciosa.
Un brindis por Porcel, proponían sus amigos de parranda.
Por su incorruptible soltería.
Entonces una noche se encontraron en un bar. Fabis y Porcel. Ambos estaban acompañados. Fingieron demencia. Pero estaban atentos uno del otro.
Ya viste quién está allá, le preguntaron a Porcel. Pero no respondió.
Vente, le dijo a una de las chicas de la mesa. Vamos a bailar.

Imperceptiblemente Porcel comenzó a subir de peso otra vez. Unos gramitos. Nadie lo notaba. Excepto Lidita.
Qué bien me conoces.

¿Hace cuántos años que somos amigos?

No te preocupes, debe ser un rebotito. No me inquieta, mintió.

Traía el apetito muy madreado.

Tony, sé que no me incumbe. Y pues no soy nadie para preguntarte esto, pero, oye, ¿estás viendo a Fabis?

No, para nada.

Ok.

Por qué la pregunta.

Es que tú sólo ganas peso cuando te enamoras. Y tú sigues amando a esa vieja.

¿Me puedes poner la South Beach en un toper?

Porcel aventó la comida en el asiento trasero y subió al coche. Condujo hasta un restaurante italiano. Pidió una pasta. En lo que se la servían se aspiró tres canastos de pan. Para limpiarse el paladar se consintió con una pizza grande para él solo. Su hora de comer terminaba a las cuatro. Pero no regresaría a la oficina. Liquidó cuatro postres. Se abarrotó de café hasta las siete de la tarde. Cuando Fabis apareció, Porcel aplastaba la colilla de su décimo cigarro en el cenicero.

Fabis dejó su auto en el estacionamiento de la plaza comercial. Como todas las tardes desde su reencuentro se fueron en el de Porcel al motel El Pingüino. Se esmeraban toda la tarde en ponerle yorch. Se encerraban con cerveza, una botella de whisky y botanas. Encuerados y con un canal porno en mute armaban picnic. En ocasiones la encargada de la limpieza del negocio les aporreaba la puerta.

Se les acabó el tiempo, informaba.

A veces se vestían y se largaban al cine. Otras volvían a pagar y se quedaban seis horas más. Cogían, platicaban, dormían y volvían a coger.

Porcel engordaba gradualmente. Pero Fabis se hacía de la vista gorda. Era irrefutable que se encaminaba a alcanzar sus antiguas medidas.

Era lo que nos hacía falta, dijo Fabis, unas desparasitadas de éstas.

¿Me pasas los cacahuates, plis?, pidió Porcel.

Fabis aprovechó para preguntarle por los desechables que ocupaban todo el asiento trasero del coche.

Qué son esas cajas.

Es mi régimen.

¿La dieta que te prepara esa ofrecida?

Chiquita, por favor no empecemos con los celos, rogó Porcel.

No estoy celosa. Sé que tú nunca vas a hacerle caso a esa arrastrada.

Lidita es ley.

En cuanto escuchó esto, Fabis dijo:

Sabes qué, Tony, vamos a retomar nuestros planes.

¿En serio?

Sí, vamos a casarnos.

La noticia transformó a Porcel. A partir de aquella premisa comenzó a subir de peso con mayor rapidez. Fabis lo registró. Pero seguía sin señalarlo. Después del motel salían a cenar. Y aunque Tony no tragaba como un orco, engordaba y engordaba. Se hinchó tanto que una noche se hizo evidente que había recuperado todo el peso que había perdido al distanciarse de Fabis.

Mientras mordía su hamburguesa, Fabis le leyó la cartilla:

Mira, Tony, nos vamos a casar. Eso seguro. Pero te voy a pedir por favor que vayas a un chequeo médico. Te urge.

Estás a unos tacos al pastor de la diabetes, dijo el doctor.

Prometo mantenerme alejado de las taquerías, bromeó Porcel.

No entiendes. En tu condición hasta una hoja de lechuga te puede matar.

No me diga eso, doc.

La cuenta regresiva ha comenzado.

Usted lo que quiere es meterme un susto.

Lo que no sé es cómo no estás asustado ya.

Me hago el fuerte.

Súbete a la báscula.

No me pida eso.

Bravo, Tony. 129 kilos.

Puedo bajar de peso sin problema, hace un par de meses perdí quince kilos así, dijo chasqueando los dedos.

Cuéntame una de loncheros.

Es verdad, doc. Me puse esbelto.

Puro cuento. Es indispensable que te disciplines ya.

No puedo. Me voy a casar.

¿Otra vez? ¿No te habías casado ya?

Se pospuso.

Cásate o divórciate, pero ponte a dieta.

Pasando la boda, doc. Perderé unos veinte como bajé los diez y tantos.

Deseo de todo corazón que te cases, Tony. Ojalá tu condición no se interponga.

Ahí lo espero, doctor. No me vaya a fallar. Para cuántas personas quiere la invitación.

Te noté algo triste cuando llegaste. Si no te quieres casar no deberías hacerlo, Tony. Orita lo que te apremia es una dieta.

Ando down porque no podré invitar a Lidita, una amiga de toda la vida.

Y por qué ¿no es bienvenida?

Mi novia está celosa de ella.

Ah qué Tony, ni muerto se te va a quitar lo galán.

Porcel sufrió un ataque cardiaco en el supermercado. Se desplomó frente a la cajera mientras pagaba ocho kilos de rib eye. Una ambulancia lo trasladó al hospital.

Recupérate pronto, guapo, le dijo la paramédico.

La primera en llegar fue Lidita. La madre de Porcel le había avisado. Después apareció Fabis. Se la mentaron con la mirada. Golosas por despellejarse. El odio empañaba la sala de espera. Ocuparon una butaca en cada uno de los extremos. Fabis encendió un cigarro extralargo y mentolado. Se levantó y comenzó a caminar en círculos. Sus taconazos nerviosos enfurecían a Lidita.

A Porcel siempre le han gustado las mujeres con zapatillas, se dijo consciente de que ella siempre había usado tenis.

Doce horas después se apersonó el doctor.

¿Familiares de Tony Balquier?, preguntó.

Yo, respondieron Fabis y Lidita al mismo tiempo.

Tony está fuera de peligro, informó. Le colocamos un marcapasos. La operación fue ardua pero salió perfecta. Es que tiene demasiado corazón ese muchancho.

¿Lo puedo ver?, imploró Lidita.

Por supuesto. Despertó hará media hora. Le pueden dar de comer. Sólo les pido que por favor no me lo sobresalten. Nada de emociones fuertes o noticias impactantes.

Frente a Porcel había una charola con una mentada de madre de comida. Lidita se tendió a darle la gelatina en la boca.

Bueno, Tony, sermoneó el doctor. A ver si con este susto modificas tu estilo de vida. Ten en cuenta que después del primero viene el segundo. Esta vez la libraste. Pero quizá el próximo infarto te mande a la plancha.

Prometo que voy a cambiar, dijo Tony compungido.

Bien, me retiro. Chicas, disfrútenlo, dijo el doctor y los dejó a solas.

Tony, dile por favor a esta piruja que se largue, rabió Fabis.

¿Si te calmas?, se defendió Lidita. ¿No oíste al doctor? No debe alterarse.

Me valen madre el doctor y tú, pinche whiskas. O la echas tú, Tony, o la saco de las greñas.

Me la pelas, dijo Lidita.

Por favor, intervino Porcel. Lidita, vete. Pero Tony...

Te lo suplico, después hablamos.

No pienso dejarte solo con esta arpía.

Vete por favor, hazme caso. Después nos vemos.

Tony, me resisto...

Que te largues, con una chingada. Ya no la hagas de pedo, le ladró Fabis.

Lidita dejó caer la cuchara con gelatina de fresa y se marchó. Minutos más tarde llegó la madre de Porcel.

Suegrita, saludó Fabis.

Ah cómo la maniobraron para meter a Porcel por la puerta. Los primeros días de convalecencia se había mostrado inapetente. Pero desde que lo habían dado de alta se esmeró en recobrarse. Y qué mejor manera de reponerse que dejándose consentir por su madre.

Tony, necesitas cuidarte, le decía piadosa su jefecita.

Después de la boda, refería y continuaba al ataque de lo que estuviera devorando en ese momento.

Me puedes traer otro pókar de donas, por favor, ma.

Se expandió a tal grado que le fue imposible pasar por la puerta para ir al baño. Solucionó el asunto con un par de cubetas. Una para la orina y otra para el excremento. Cambió la ducha por los baños de esponja.

Fabis explotó.

Cómo chingados nos vamos a casar ahora, no cabes por la puerta.

Perdóname, mi amor. No sé qué me pasa. Estoy demasiado ansioso. La boda me pone muy aprensivo.

Quizá no estás hecho para casarte.

No digas tonterías, es el estrés.

Me prometiste una boda, Tony.

Y la tendrás, chiquita. Es más, casémonos aquí.

Dónde.

En la habitación. Aquí mismo.

Estás loco, Tony. Yo quiero una boda en la iglesia, con damas, pajes y mariachis. Y una fiesta. Una enorme pachanga. En este cuartucho apenas hay lugar para ti.

Lo solucionamos de alguna manera.

No voy a pasar por semejante humillación.

Hagamos pues aquí la ceremonia por el civil. Y en cuanto me deshaga de unas llantitas continuamos con la boda religiosa.

No, Tony, te diré lo que haremos. Renunciar a esta absurda idea.

De qué hablas.
No me voy a casar contigo. Ni aquí ni en un templo.
Pero, chiquita...
Tony, lo intenté, vaya que lo intenté. Pero no puedo. Me rindo, Tony. Me doy.
No, mi amor, saldremos de ésta. Te lo prometo. Retomaré mi régimen y en unos meses nos casamos.
No, Tony. Lo he decidido. No voy a pasarme la vida viendo cómo te quedas encerrado en este cuarto hasta reventar. Es demasiado.
Yo te amo, Fabis.
Adiós, Tony.

Al día siguiente Lidita apareció en el umbral de la puerta. Toc toc, dio unos pequeños golpecitos. Encontró a Porcel berreando.
Quién te chismeó.
Tú mamá.
Me dejó. Esta vez es definitivo. Me dejó para siempre. No puedo salir corriendo tras ella.
No te merece.
Oí que salías con alguien.
Cortamos.
Qué ocurrió.
Una de la razones eres tú.
¿Yo?
Sí, Tony. Mira, apenas me contó tu madre lo sucedido vine corriendo porque deseo confesarte algo, dijo mientras se sentaba en la cama y tomaba a Porcel de la mano.
Qué rollo.

Te amo.

Pero nosotros somos amigos.

Siempre he estado enamorada de ti. Y estoy cansada de ver cómo te relacionas con mujeres que no te valoran.

Pero estás viendo cómo estoy. Soy un gordo.

No me importa. Tony, por mí ve a la obesidad mórbida, yo te seguiré queriendo.

Hiena, respondió. Largo, vete de aquí, lárgate. Mamá, gritó Porcel.

Tony, no te pongas así.

Qué pasa, inquirió la madre.

Llama por favor a los albañiles.

Para qué los quieres, consultó Lidita.

Que te largues, volvió a gritar. No voy a quedarme aquí a que me mates. Y tú, ma, haz lo que te pido, por favor.

Una hora después llegaron los albañiles.

Tumben una pared, ordenó.

Ha enloquecido, le dijo Lidita a la madre.

Una vez abierto el boquete, Tony pidió a los albañiles:

Ayúdenme a levantarme, voy a ir a trotar.

El resucitador de caballos

Es el fantasma de un caballo, susurró Imabelle.

Ed se aferró a la escopeta y se asomó por la ventana.

El camino estaba desierto. Pero el galope persistía.

Serán unos parejeros.

¿A estas horas?

Nunca faltan los borrachos envalentonados.

Es un caballo fantasma, insistió su mujer.

Malditas gentes sin quehacer, rezongó Ed.

Se recostó con la escopeta sobre el pecho. Se resistía a apegarse a las historias que se rumiaban en el pueblo. Un indio, Mr. Mojo Risin, tenía el don de resucitar a los caballos. Y tal ejercer propiciaba toda clase de apariciones.

Puritita superchería, pronunció Ed.

Duérmete, le aconsejó la mujer.

El galope se percibió con más ímpetu. Ed abrió la puerta confiado en que volaría de un tiro el sombrero del jinete. Pero afuera de su propiedad no se avistaba bestia alguna. El camino estaba vacío. Se echó sobre la cama contrariado. Debió mirar al animal. Sin importar lo rápido que corriera. Y el galope continuaba sin cesar.

No creo en los espíritus, rumió. Y se quedó dormido abrazado a la escopeta.

Ed se acodó en la barra y reclamó un whisky. Por el espejo encima de la fila de botellas descubrió a Mr. Mojo Risin sentado solo en una mesa. Le costaba creer que aquel indio aficionado a la bebida ostentara poderes. Se presumía que también era curandero. Pero la fama de Mr. Mojo Risin se debía sobre todo a su manera de beber. Trabajaba en el rancho de Augusto Robles como cuidador de caballos. Y todos los días, al terminar su jornada, ocupaba el mismo sitio en la cantina y se congraciaba a emborracharse. Era un indio solitario. No vivía en el pueblo. Ocupaba una choza pasando la cañada. Ed y Mr. Mojo Risin se habían topado en dos o tres ocasiones y no se habían obsequiado ni siquiera un saludo.

Mr. Mojo Risin era célebre como domador de caballos salvajes. Se aseveraba que era capaz de hablar con ellos. Ed se prometió a sí mismo que siempre prescindiría de sus servicios. Sabía que la comunicación más eficiente con un caballo eran el fuete y la rienda.

Eh, Pedro, consultó Ed al cantinero, ¿es cierto lo que se hablantea sobre el indio ese? Porque a mí se me afigura que su único talento es depurar botellas.

Déjalo en paz, respondió Pedro. Y colocó un whisky frente a Ed. Es mi mejor cliente.

Mientras saboreaba su trago, Ed decidió que montaría una guardia afuera de su finca. Dos peones que vigilaran el camino.

Voy a atrapar a esos condenados parejeros.

Al salir de la cantina se cruzó con la mirada del indio. Sus ojos eran completamente cristalinos. Como dos canicas de agua. Sin iris, pues.

¿Has traído la tarta?, preguntó Imabelle al ver a Ed entrar por la cocina.

Era el cumpleaños de su hija Clarita.

Claro, mujer.

La depositó en la mesa del comedor y colgó el sombrero en el perchero.

Me crucé con el indio dizque brujo en la cantina, dijo. Ni vuela ni se transforma en coyote ni revive caballos. Sólo es un ebrio.

Imabelle le ordenó lavarse las manos.

Pues en el pueblo aseguran que es milagroso, comentó mientras ponía la mesa. La pobre de Hilda no consiguió embarazarse en dos años de matrimonio. El marido la devolvió a casa de sus padres con la demanda de que estaba defectuosa. Hilda acudió a una consulta con Mr. Mojo Risin. Y su marido por fin consiguió preñarla.

Ed soltó una carcajada.

Ah qué Mr. Mojo Risin, hasta padre va a resultar, como el mismito espíritu santo.

Imabelle sacó el pastel de carne del horno.

El galope no es el alma de ningún animal, continuó Ed. Son unos parejeros. O un jinete solitario. Voy a acabar con el desgraciado galope esta noche. Voy a ubicar a dos peones como guardia.

Es el cumpleaños de tu hija, Ed, sentenció Imabelle. Aparta esa obsesión para otro tiempo. Se va a enfriar la cena.

No tardo, rebeló Ed. Tengo derecho a dormir con tranquilidad. Le pondré fin para que atestigües que el caballo fantasma es invento de la gente.

Salió de la casa y apostó a dos peones en el camino con la orden de encañonar a todo el que pasara por ahí.

Si se me quedan dormidos les voy a descontar una jornada, amenazó Ed. Pero si lo capturan, los voy a premiar con una mula de carga a cada uno.

Era la clase de hombre que todo lo quiere emparejar con bestias.

Ahora tienes quince años, hija, dijo Ed al final de la cena. Ya cuentas con edad de poseer tu propio caballo. De responder por su cuidado. En unos días asistiré a la feria en la ranchería de Jal y elegiré un animal para ti. Eres mi única descendencia. Algún día este rancho será tuyo. Y tendrás que aprender a administrarlo.

Clarita era una jinete experimentada. Pero no tenía caballo propio. Uno para que sólo ella montara.

Gracias, papá, dijo y le besó la mejilla.

Ed le había inculcado el amor a los caballos. La emoción mantuvo despierta a Clarita hasta la madrugada. Así como otros contabilizan ovejas, ella sumó caballos hasta quedarse dormida.

Tampoco Ed conseguía dormir, le rechinaban los nervios. Ansiaba solucionar de una vez por todas el misterio del caballo fantasma. Pero aquella noche el galope no acudió. Tanto silencio lo desesperó. Cargó la escopeta y se metió unos cartuchos entre los dientes. Salió a supervisar a los peones y los descubrió dormidos.

Revendedores de toda la región gravitaban en el vestíbulo del hotel. Ed procuraba apalabrar al mejor animal de toda la muestra. Había ahorrado durante tres estaciones. Portaba capital suficiente para respingar cualquier puja. Identificó a Mr. Mojo Risin con un cigarro entre los dedos.

Asistía en calidad de oráculo. Augusto no compraba caballos sin la aprobación del indio.

Ed, saludó Augusto. ¿Vienes solo?

Sí, respondió Ed. Para economizar. Los gastos de un acompañante prefiero invertirlos en adquisiciones.

Ah qué Ed, olvidaba que tu vida son los caballos, sonrió Augusto. Te invito a cenar, para que no inviertas en mundanidades como los alimentos.

Ed se sintió tentado a aceptar. Pero la posibilidad de departir con el indio lo perturbó.

Gracias, Augusto, pero reviento de cansancio. Los viajes me estropean el apetito. Malvada edad.

Se registró en una habitación con balcón de la segunda planta. Subió las escaleras con las tripas protestándole. Meditó lo torpe de sus palabras. Estropear el apetito. La presencia de Mr. Mojo Risin lo ponía de mal humor. Cómo permitía Augusto que un indio lo asesorara. De qué le constaba entonces haberse atribuido toda una vida al negocio de los caballos. Esperó dos horas y bajó a cenar. El restaurante estaba vacío, con excepción del indio que bebía en una mesa al fondo. Ed no se intimidó. Le molestaba por su supuesta chamanería, pero no le inspiraba temor. Cenó con serenidad. Se pidió un par de digestivos y se fue a su habitación. El indio se quedó bebiendo en el restaurante.

Lo despertó el galope. Se asomó al balcón y no avistó caballos en carrera. Maldijo por no haber viajado con la escopeta. Se vistió aprisa. Salió del hotel. Pero se topó con pura noche.

Por muy negro azabache que sea un animal, se dijo, no hay oscuridad que lo ampare.

Regresó a su habitación y el galope reanudó. En la recepción tanteó por el cuarto de Augusto Robles. Subió hasta la tercera planta y tocó la puerta.

Cómo puedes dormir con ese relajo, preguntó Ed.

A qué te refieres, dijo Augusto.

Pos al galope.

Cuál, yo no he oído ni uno.

Ed observó al indio al fondo. Tirado encima de un petate.

¿Tienes una pistola que me prestes?

Para qué la quieres.

Puedes ¿o no?

Augusto le entregó el arma a Ed. El galope no desaparecía. Pero Ed se apaciguó. Se quedó dormido con la mano empuñando el revolver que descansaba sobre la cómoda.

Cada año Ed se apersonaba en la feria de Jal. Y aunque lo más comprobable es que Mr. Mojo Risin también hubiera acudido, nunca se había cruzado con el indio. El convivio era para la compra y venta de animales. Sin embargo, se organizaba una carrera para desestimar argucias de especuladores. Ed estaba persuadido de que el galope nocturno acataba a una parejera clandestina. La sanción, si te atrapaban parejeando, era la expulsión de la puja.

Pero a los apostadores no los mete en cintura ni el diablo, se dijo Ed. ¿O fue el indio, que me enmendaba una broma? Desintimó esta teoría. Al indio en qué le afectaba Ed. ¿El galope va a perseguirme eternamente?, se cuestionó. ¿Consistirá en eso el amor a los caballos?

Ed no apostaba. Se congregaba en las carreras sólo por entrometido. Los caballos incumben varias ciencias. De crianza, de reproducción. Y la ludopatía. Esta última contiene ramificaciones. El animal puede ganar una carrera por trasunto matemático. Debido a unas corazonadas. O por simple misterio. Para maniobrar tanta tecnología hace falta dedicarle la vida entera. Y los vicios de Ed obedecían a otras conjuras. Pero observar a los caballos temblar de carrera no es indiferente a nadie.

El caballo es el animal más bello del planeta, aseguraba Ed.

Un hombre avezado en cuacos debería apostar, se aproximó Augusto a recomendar.

Uno de caballos nunca sabe lo suficiente, contradijo Ed. Aunque se convierta en abuelo montando.

Sus palabras lo contradecían. Y se arrepintió del comentario. Pero no hizo nada por enmendarlo. Le otorgaba la razón a Augusto. El dogmatismo del indio entonces era necesario.

Existirá el día en que el hombre sepa absolutamente todo sobre el caballo, dijo Ed. Y le pareció que si existía la gloria, era ésa. Un espacio donde el alma del hombre y el alma del caballo coexistieran como iguales.

Se escuchó el grito ¡Que comiencen las apuestas! Mr. Mojo Risin susurró a Augusto su predilección. El favorito era el azabache. Era el invicto. Pero el indio recomendó al tordillo. Que pagaba 7 a 1. Montado sobre la raya de cal, el peón agitó un pañuelo nejo y las bestias salieron disparadas. Y con ellas un removimiento de tripas general, gritos, sombrerazos, carcajadas que abultaban panzas y ayayayayays de la concurrencia. El tordillo ganó por un cuerpo. La extrañeza mordiscó a la rancherada. Cómo una magnífica bestia había perdido contra un tordillo masudo.

Consumado el jolgorio inició el comercio. Caballo que ofertaban, caballo al que Ed le angulaba defecto. O se lo inventaba. Así aconteció la mañana, desairó cuanto ejemplar daba paseíllo.

A veces escoger una bestia para tu hija es más duro que elegir una para ti, apreció Ed.

Recordaba con cariño su primer caballo, a los catorce años. Era un paso importante en la vida.

Si una mujer escoge un mal marido llevará una vida desgraciada, decía Ed. Lo mismo ocurre con los caballos.

Y lo último que deseaba era el sufrimiento de su hija. Que una bestia malhumorada le agriara su relación con los equinos de por vida. A la una de la tarde se instauró una pausa para comer. Ed decidió que regresaría a casa.

Me largo, dijo a la recepcionista. Ni un animal me provoca aprecio.

Un vendedor que se registraba en ese momento lo escuchó.

Perdone, no pude evitar parar oreja. No puede marcharse sin catar mis ejemplares. Quédese, a las cuatro de la tarde exhibiré mis animales.

Después de comer, Ed subió a echar una siesta. No podía retornar sin una bestia. Clarita reclamaría su regalo. Rememoró la tarde en que a los diez años se negó a montarse en el pony.

Trépate en Nalgón, le indicó Ed.

No, respondió.

Por qué.

Mi caballo está chaparro.

Fran, ordenó a uno de los peones, jálate la yegua vieja. Me encimas a la niña y la amarras a la silla.

Desde aquel día Clarita renunció a conducirse en pony.

A las cuatro de la tarde se reanudó la puja. El desfile de animales no cautivaba a Ed. Hasta que una yegua lo hizo ponerse de pie. Todos los caballos a la venta tenían un nombre, menos el que le había engordado el ojo. Era una alazana de hermosura sobrenatural. Con tan sólo verla desplazarse, Ed supo que era la compañía perfecta para su hija. No se produjo una puja reñida. Sólo otro demandó por el precio de la bestia, pero en cuanto Ed subió la cifra se retiró. Un peón montó la yegua. Era mansa como un algodón de azúcar. El jinete flotaba sobre el lomo. El corral por donde trotaba parecía una extensión del cielo.

Augusto y el indio se acercaron a Ed.

No adquieras ese caballo, urgió Augusto.

Qué, replicó Ed. Mírala.

Mr. Mojo Risin dice que es de mala suerte comprar un caballo sin nombre.

No digas tonterías, Augusto.

No son tonterías, Ed.

No creo en supersticiones.

No compres ese animal, dijo Augusto, y sujetó a Ed por el brazo.

Ed se zafó de la mano de Augusto de un tirón.

Voy a pagar por este ejemplar, dijo y se alejó.

Augusto corrió hasta alcanzarlo.

Ed, recapacita.

Augusto, no entiendo por qué te dejas influir de tal manera por un indio.

No lleves esa yegua a tu casa, Ed.

Nada va a impedir que me haga con el animal.

Bien. Prométeme una cosa, Ed. Prométeme que lo bautizarás. Que le endilgarás un nombre antes de que llegue a tu rancho. ¿Lo prometes?

Ed partió de Jal con la yegua innombrada. Le correspondía a Clarita bautizarla. La bestia se comportó durante el trayecto. No hubo inconvenientes en el camino que alentaran las nigromancias del indio. La única maldición de la yegua era su belleza.

Ya no aguanto las botas, informó Ed al entrar a casa.

Clarita, tu padre ha vuelto, gritó Imabelle.

Ed se calzó unos botines.

Vamos a la caballeriza, indicó. Y las mujeres lo siguieron.

La yegua destilaba docilidad. Permitió que Clarita la montara sin respingos. Poderosa pero delicada. El reflejo de Clarita misma, pensó Ed.

Cuánto costó ese animal, inquirió Imabelle.

No preguntes cosas que en realidad no quieres saber, mujer, respondió Ed.

Sí, mamá, mejor que no sepas, añadió Clarita.

Y cómo se llama, preguntó Imabelle.

No tiene nombre.

Qué, se escandalizó su esposa. ¿Te has atrevido a traer un caballo innombrado a casa?

De quién es la yegua. De Clarita. A ella le toca elegirlo.

Es de mala suerte, Ed.

No comencemos con ocultismos. Ni con hechicerías de indios. Que Clarita escoja un nombre y asunto resuelto.

Panela, papá, la llamaré Panela.

Qué buena puntería, Clarita, dijo Ed. Le miraste el alma al animal. Esta yegua es dulce como una panela.

Son un par de sacrílegos, dijo Imabelle.

Bien. Me gané un descanso, dijo Ed. Y se retiró a acostarse.

Clarita montó a Panela el resto de la tarde. Ed encargó a Fran que la supervisara. No es que tomara en cuenta la opinión del indio, pero la ciencia de los caballos es bastante abstracta. La familiaridad entre la bestia y su jinete se puede conquistar en minutos o en horas. Y mientras la confianza se arraigaba era mejor la vigilancia del peón. Pero no existía duda. Clarita había nacido para montar.

Va a ser mejor jinete que yo, presumía Ed.

La nobleza de Panela no resultaba tan exótica. Así como las personas tienen el don de gentes, abundan caballos que son sencillos de trato. Tan buena convivencia no era enigmática.

Ed despertó de su siesta antes de la cena. Clarita seguía encaramada en la yegua.

Clarita, le ordenó Ed, es hora de cenar. ¿Qué no piensas darle de beber a ese animal?

La hija desmontó y entró en la casa. El peón condujo a la yegua a la caballeriza. Ed lo alcanzó.

Qué opinas, Fran.

Esto es un milagro, patrón. Ejemplares así no escurren.

Ed se tranquilizó. Cuál mala suerte. Al contrario. La yegua era un regalo de Dios.

Qué con el galope, interrogó a Fran.

En vaivén, dijo el peón. Algunas noches se escucha. Otras no. En ocasiones lo confundimos con el sacudirse de las ramas. Pero no hemos avistado ni jinetes ni parejeros.

Sigue estudiando, dijo Ed. El galopista tiene que caer. Dale a beber y alimenta a este hermoso animal.

Ed, se va a enfriar la cenadera, gritó Imabelle.

Durante la sobremesa, Clarita no cesó de elogiar a la yegua.

Ed terminó su whisky y abandonó el comedor en silencio.

Clarita e Imabelle repetían postre.

No es noche para el galope, se dijo Ed al meterse a la cama. La travesía a Jal lo había extenuado. Pero a las tres de la madrugada lo escuchó. Abrió los ojos y dijo: Ahí está.

Fran, gritó al peón por la ventana de su habitación, ¿lo escuchas?

Sí, patrón.

¿Miras algo?

No, nada.

Ed salió de la propiedad y se detuvo en medio del camino. Miró a izquierda y a derecha.

Vamos a cazar a ese desgraciado, le dijo a Fran. Yo me quedaré a montar guardia contigo.

Entró a la casa por un chipiturco y la escopeta. No se dejaría vencer por el sueño.

Pero el galope fantasma no se repitió. Pensó en Mr. Mojo Risin.

Qué inteliges de lo que mientan en el pueblo acerca de Mr. Mojo Risin, Fran, consultó al peón.

¿De que es un nahual y todo eso?

De eso mero.

La vida de campo es aburrida, patrón. Las gentes inventan toda clase de leyendas para su entretención.

Y este canijo galope. De dónde sale.

Debe ser empresa de algún gracioso. Lo atraparemos, patrón. Verá.

Ed y Fran congraciaron la noche a pasarse de mano en mano una petaca de whisky. Ed no atinaba a recordar cuándo había sido la última vez que fumara tanto. Pero no congeniaba otra forma de matar el tiempo.

Y qué tal la feria, patrón, preguntó.

Vi al indio.//
¿A Mr. Mojo Risin?
Al mismo.
Y usted qué piensa, patrón.
¿Sobre la magia?
Ajá.
Pienso que le dan mucho crédito a ese indio. Que ha tenido suerte al domesticar uno o dos caballos y por eso le adjudican habilidades supernaturales. Pero nadie puede resucitar un caballo. Tendría que verlo con mis propios ojos para creerlo.

En unas semanas la simbiosis entre Clarita y Panela se afianzó. Clarita disponía de la yegua a su capricho sin la mirada cuidadosa del peón. El galope acudía unas noches y otras no. Un día, mientras Ed bebía un vaso de agua descubrió que hacía varios días que no pensaba en Mr. Mojo Risin. Mientras se ofuscaba la sed, Clarita entró a la cocina.

Papá, ya tengo quince años, quiero ir al granero.

Cada sábado por la tarde los adolescentes del pueblo se reunían en el granero de los Gallagher más que nada a beber refresco y contemplarse unos a otros indefinidamente. Como si otearan en el horizonte sin esperar nada. Cegados por un sol que les impedía ver otra cosa que no fuera la coca cola que sostenían en la mano. Eran demasiado jóvenes para vencer el pudor y ponerse a bailar. Era un acto inofensivo. Los Gallagher fiscalizaban a los muchachos derrotarse de aburrimiento.

Dile a tu madre, se escudó Ed.

Mamá, gritó Clarita.
Qué ocurre, dijo Imabelle desde la sala.
Dile a papá que me dé permiso para ir al granero.
Imabelle entró en la cocina.
Me niego, se defendió Ed. Baila conmigo, ahí ni vas a bailar.
No podrás evitarlo, Ed, respondió Imabelle.
Está bien, está bien, soltó Ed. El sábado condescenderás que te huela esa banda de futuros gallinazos.
Ed, censuró Imabelle.
Para qué otra cosa sirve ese maldito granero, dijo Ed y salió de la casa.
El tiempo avanzó lento para Clarita. El resto de la semana transcurrió tan apacible que hasta el galope descansó de su jodienda.
Qué habrá ocurrido con ese jodido bromista, se formulaba Ed.
Pero no bajaba la guardia. Todas las noches apostaba a un peón fuera de la finca. Si se quedaba dormido o no, Ed no conseguía descifrarlo, él mismo era un tronco sobre la cama. No le incitaba la gracia que su hija comenzara a visitar el granero. No le era difícil descifrar lo que los padres del pueblo le aconsejaban a sus hijos varones. Camelar a la muchacha con la mejor dote. Y Clarita sería la heredera de los bienes de Ed Williamson.
El sábado por la mañana Clarita e Imabelle armaron tal ajetreo que Ed profirió:
No quiero ni imaginarme el día que se case.
Era un pensamiento que asaltaba a Ed con frecuencia. Toda una vida de trabajo duro para heredársela al ganapán que desposara a su hija.

Pero aliméntate criatura, le dijo Ed a Clarita durante la comida. No es nada extraordinario. Vas a convivir con unos holgazanes, no con vacas de dos cabezas.

El ajetreo no se detuvo hasta las cinco de la tarde. Hora en la que Clarita salió de su habitación con su atuendo de cowgirl. Botas, pantalón de mezclilla y camisa a cuadros.

¿A poco no dan ganas de robársela?, preguntó Imabelle.

¿Quieres hacer el favor de callarte?, gruñó Ed.

Clarita sonrió.

Esto es un disparate, dijo Ed, pensando en si el bolsón que le pidiera matrimonio sería capaz de cuidar su propiedad.

Panela aguardaba ensillada afuera de la casa. Clarita la montó.

De regreso a las siete de la noche, advirtió Ed.

El cielo estaba nublado.

Apúrate que comenzará a llover, dijo Imabelle.

Son menos de seis kilómetros de camino, protestó Clarita.

Espera, intervino Ed. Mejor yo te llevo.

Prefiero irme a pie.

De acuerdo.

Papá, gritó Clarita y arreó el caballo.

A medio camino se desató una tormenta. Pero la lluvia no alteró a Clarita. No podía concentrarse en otra cosa que no fuera Billy Priest, el hijo del herrero. La lluvia se apersianó. Los truenos comenzaron a retumbar más fuerte de lo habitual. Panela permanecía relajada. A paso natural.

Buena chica, la felicitó Clarita.

Era una yegua inquebrantable. Pero un rayo cayó a dos metros de Panela. Una potente estría de luz. El relámpago les impidió el paso. La yegua relinchó, se irguió sobre las patas traseras y derribó a Clarita. La rienda le serpenteó entre las manos. Los caballos un instante son reacios y al siguiente quebradizos. Clarita yacía inconsciente en el piso mientras el animal se alejaba al trote asustado.

Minutos más tarde, Panela avanzaba bajo la lluvia hacia la casa de los Williamson.

Qué carajos, dijo Ed al verla por la ventana.

Había dejado de llover. Ed y Fran la encontraron y la llevaron a casa.

Imabelle, llama al doctor, ordenó Ed.

Por qué tardaste tanto, preguntó Ed cuando Paul apareció.

Esta maldita lluvia, contestó el doctor. Es una fábrica de desgracias. Se volteó una carreta y tuve cuatro heridos.

Clarita sufrió un accidente, dijo Imabelle.

Se cayó del caballo, continúo Ed.

Dónde está.

En su cama.

Vamos a revisarla.

Entraron a la recámara.

Hace cuánto perdió el conocimiento.

Va a cumplir dos horas.

Paul auscultó a Clarita.

Ed, tu hija sufre una conmoción por el golpe. No está en coma, no corre peligro. Debemos esperar a que despierte para una evaluación más completa. Llámenme cuando recupere el conocimiento.

No, Paul, dijo Ed. No te vas a ir de aquí hasta que mi hija abra los ojos.

Puede ser hasta mañana, Ed.

Imabelle, ordenó Ed, prepara café.

Por la madrugada Clarita se quejó.

Tengo sed.

Imabelle, Imabelle, gritó Ed. Agua.

¿Y Panela?, preguntó Clarita.

En el establo.

Qué esperas que no la checas, Paul.

El doctor le arrojó luz sobre las pupilas.

Quiero ir al baño, pidió Clarita.

Espera un poco, convino el doctor.

Mamá, chilló, no puedo mover mis piernas.

Qué pasa, Clarita.

Mis piernas no me responden.

Tendremos que trasladarla al hospital, concluyó Paul.

Fran, alista la carreta, organizó Ed.

Ingresaron a Clarita a la clínica por la madrugada.

Te prometo que no dormiré hasta darte un diagnóstico, Ed, convino Paul.

Mírame a los ojos, Paul. Dime la verdad. ¿Es irreparable?

No puedo responderte, Ed. Puede ser una parálisis momentánea producida por el impacto. Sería irresponsable alarmarte.

Ed, Imabelle y Fran montaron guardia en la sala de espera. Y entonces apareció. El galope resonó en las paredes del hospital.

Hoy no, dijo Ed. No hoy.

Fue hasta la carreta y cargó la escopeta. Se subió al techo del transporte y se apostó.

Te va a costar caro, malnacido.

Amaneció y Ed continuaba encaramado. Paul mandó llamar a la familia. Los resultados de las pruebas estaban listos.

Qué vergüenza, dijo Imabelle. Fran, por favor, ve y bájalo de ahí.

Ed, Imabelle y Fran entraron al cuarto. Clarita desayunaba gelatina.

Lo diré como lo dicen los médicos, dijo Paul, sin rodeos. Clarita no volverá a caminar.

Imabelle pegó un alarido.

Maldita yegua, dijo Ed. Y salió de la habitación.

No, papá, gritó Clarita. Panela no. Papá. Papá.

Pero Ed no la escuchaba, se alejaba por el pasillo como si fuera a cumplir la misión más importante de su vida.

Cabalgó hasta su propiedad. Entró a la casa. Sacó otra escopeta del armario. La cargó y se dirigió al establo. No lloraba desde la muerte de su hermano. Sacó a Panela de la caballeriza y la condujo un trecho. Encendió un cigarro. Lo poseía la frialdad de un gatillero a sueldo. Amarró a la yegua de la rama de un árbol. No le tembló la mano. Como si fuera un profesional. Apuntó el cañón a la cabeza del animal y le voló los sesos. Fue un tiro cristalino. Sonó como si se hubiera roto una figura de porcelana, pero la bestia se derrumbó como malvavisco derretido al fuego de una fogata.

Cavó la tumba él mismo.

El indio me advirtió que no comprara esta estúpida yegua, se reprochaba a cada paletada.

Se dilató varias horas en tremendo boquetón.

Qué ingrato debe ser el oficio de asesino, lamentó.

No se miraba agujereando la tierra a destajo. La tierra le supo dura. Como si escarbara con sus propias uñas. Sudó lo que no había sudado en los últimos veinte años. Cuando consideró la oquedad acondicionada para el propósito, lanzó la pala fuera y se tendió con la cara al cielo.

El indio me lo advirtió, repetía.

Aunque hizo el hoyo a un lado de la bestia, no consiguió empujarla al pozo él solo. Regresó al rancho por su caballo. Ató unas sogas a la silla y arrastró a la yegua muerta dentro de la tumba. El animal se deslavó hacia el agujero. Se sorprendió con el indio en mente. No lo invocaba desde Jal. Se apeó de su cuaco y comenzó el lento y arduo trabajo de cubrir a la yegua. Sacrificar al animal y escarbar la zanja le resultó indoloro. Pero verterle tierra encima lo sumió en la desesperación. Nunca había enterrado nada. Con cada paletada, el animal le parecía más grande. Inmenso como un elefante. Lo atacó la sensación de que no acabaría el trabajo nunca.

Clarita le tenía negada la palabra a su padre desde que había sido dada de alta. Tras sepultar a la yegua, Ed se atrincheró en su casa a esperar el retorno de su hija. Pero el día que observó la silla de ruedas de espaldas chocar con cada escalón de la entrada, no pudo soportarlo. Buscó un alivio. Y lo halló en la bebida.

Ed capoteaba a su familia. Por las mañanas salía a trabajar, comía en el campo, y al concluir la jornada se refugiaba en la cantina. Volvía a casa hasta entrada la noche.

Eh, Pedro, ¿ahora Ed vive aquí?, le preguntaron al cantinero.

Déjalo en paz, es mi mejor cliente, respondió.

Qué tu mejor cliente no era el indio.

Mi segundo mejor cliente.

Todas las tardes que Ed entraba a la cantina observaba a Mr. Mojo Risin solo en una mesa al fondo.

165

Cada condenada noche Ed se acostaba en su cama con la esperanza de que su esposa estuviera dormida. Pero no.

La niña no come.

¿Otra vez a arrullarme con tus reproches?

Por qué tenías que matarle a la yegua.

Quiero dormir.

Ella amaba a su Panela.

Y la estúpida yegua la dejó paralítica. Por eso la maté.

La niña se va a morir de hambre.

Tú hija es una necia. Esto se arregla comprándole otro animal. Pero me desprecia.

La niña se va a morir de tristeza. Y para eso no existe cura.

A Ed le dolió el reclamo de la mujer. Suficiente tristeza era que su hija no pudiera caminar para que todavía añorara un animal. Si un clavo saca otro clavo, Ed estaba convencido de que un caballo saca otro caballo. Pero Clarita no daba la oportunidad.

¿Crees en la reencarnación?, preguntó Ed a su mujer.

Cállate, estás borracho.

Ed no consiguió dormir. Tenía la cama toda batida de tanto que se retorcía al pensar. Imabelle despertaba cada hora para regañarlo.

Pos qué tanto jurgoneo.

Ya duérmete, mujer.

Para de arremolinarte.

Pero Ed dejó de escuchar las quejas de su esposa. Nada lo sacaba de su ensimismamiento. Él sólo redundaba en un asunto: el indio.

Ed ordenó a Fran ensillar su caballo. Cabalgó hasta el rancho vecino. No recularía. Con la misma sangre fría con que asesinó a la yegua encargaría el trabajo.

Épale, saludó Augusto al verlo.

Ed desmontó y recibió un abrazo de bienvenida. Aquellos hombres jamás se habían abrazado. Pero no se veían desde el accidente de Clarita. Intercambiaron unas palabras y Augusto gritó:

Mr. Mojo Risin, Ed quiere hablar contigo.

El indio se aproximó.

Ocupo que me resucites un caballo, dijo Ed.

El indio retrocedió sin pronunciar palabra. Cuando hubo retrocedido unos metros le hizo una seña a Augusto para que se acercara. Ed los observaba cuchichear. El indio manoteó.

Mr. Mojo Risin dice que no, Ed, informó Augusto.

Por qué, preguntó.

Dice que es muy peligroso.

Estoy dispuesto a pagar lo que pida.

Dice que ese tipo de trabajos engendran muchas tragedias.

Mi hija está deshecha.

Sí, Ed, lo entiendo. Pero la región está llena de caballos. Para qué pretendes traer uno desde el inframundo.

Ya he pagado un precio muy alto, dijo Ed. Qué más puedo perder.

Honestamente, continuó Augusto, Mr. Mojo Risin es un gran adiestrador de caballos, pero no creo que sea capaz de resucitar a un animal.

El pueblo opina lo contrario.

Sí, pero es gente ignorante. Y a ti qué te pasa, Ed, estás enloqueciendo. ¿Vas a tragarte todo lo que repitan? A este paso vas a creerte hasta que los coyotes pueden volar.

Augusto, dijo Ed, ve y dile al indio que se puede quedar con mi caballo si cumple el encargo.

Mr. Mojo Risin lo escuchó. Augusto fue hasta el indio. Discutieron. Augusto volteó hacia Ed y realizó un movimiento de cabeza que significaba no.

Ed caminó hasta donde estaban. Tomó al indio por el brazo y dijo: Por favor.

Mr. Mojo Risin retrocedió varios pasos. Volvió a hacerle a Augusto el gesto de que se aproximase.

Es bajo tu propio riesgo, le dijo Augusto a Ed. ¿Aceptas?

Por supuesto.

No podrás culpar al indio de nada de lo que te ocurra a ti o a tu familia. ¿De acuerdo?

Está bien.

¿Estás seguro, Ed?

Sí.

¿Estás de acuerdo?

Que sí, maldición.

Entonces, una recomendación: dice que nunca vayas a montar la yegua si el cielo está nublado.

Clarita acostumbraba bordar en el porche hasta la hora de la cena. Aquella tarde divisó la figura de un hombre y un caballo. Eran Mr. Mojo Risin y la yegua que avanzaban hacia la propiedad Williamson. El indio la conducía sujeta de la rienda, mientras él caminaba despacio. A la distancia parecía el animal magnífico de siempre.

Mamá, papá, gritó Clarita. Panela, es Panela.

Ed e Imabelle salieron de la casa y la miraron. El caballo al que Ed le había sorrajado un escopetazo se aproximaba en su dirección. Pero la lozanía del animal había desaparecido. Un recipiente hueco, sin alma, eso era Panela. Ni robusta ni rubicunda. Del animal al que Ed había disparado no quedaba nada.

El indio amarró la rienda al porche y emprendió el camino de regreso. Clarita abrazó a Panela.

Qué tiene en los ojos, preguntó Imabelle.

Ed fue hasta el caballo y lo revisó. En lugar de ojos tenía dos cascarones de huevo.

Está ciega, dijo.

No es Panela, dijo Imabelle. Éste es el caballo del diablo.

Ed levantó la mirada. Pero Mr. Mojo Risin se había desvanecido en la lejanía. Por qué habrá resucitado ciega, se preguntó Ed.

Yo no quiero a ese animal en esta casa, protestó Imabelle.

Pero pese a su apariencia, Panela era dócil, puede que incluso más que antes.

Es una bendición, dijo Ed. Según tú el indio es milagroso.

Este espectro acaba de volver del infierno, dijo su esposa.

Dios mío, qué estupidez acabo de hacer, se recriminó Ed.

El cadáver andante que era Panela restauró la paz en la residencia Williamson. Clarita dejó de matarse de hambre. Ed de ampararse en el trago. Pero Imabelle lo encajó mal. Rezaba a todas horas.

Cuánto llegará a vivir ese caballo, se preguntaba Ed todo el tiempo.

Imabelle mandó traer a un sacerdote para bendecir la casa.

No es Panela, le dijo el cura a Imabelle, es una yegua que se le parece. Sólo Dios tiene el poder de otorgar vida. Ya sabes tú cómo son los indios de ladinos y estafadores. Y nunca te creas de las húngaras.

Las primeras semanas fueron de precaución extrema. Clarita no podía acariciar la yegua ni montarla.

Todas las noches, metidos en la cama, Imabelle le repetía la misma pregunta a Ed.

¿De verdad ese remedo es Panela?

No, mujer, secundaba Ed al cura. Es una treta del indio.

Conseguía aquietar los nervios de su esposa. Fueron tantas noches las que Ed le mintió que terminó por convencerse a sí mismo.

Nadie es capaz de resucitar a un caballo. Este indio es bastante hábil. Se consiguió un animal semejante a Panela.

La desconfianza en el animal no prosperó. Era tan santa la bestia que no resistieron más darle ese trato. Clarita comenzó a montarla con ayuda del peón.

Como no puedes usar las piernas, le dijo Fran, tienes que ser más generosa con el fuete.

No la quiero lastimar, decía Clarita.

Transcurrieron unos meses. La desgracia se instauró en la región. Varias cosechas se malograron. La corriente del río inundó una hacienda. A Ed se le enfermó el ganado. Un coyote comenzó a chingarle las gallinas. Una noche Ed y Fran salieron a darle caza. A medio camino se dispersaron. Ed deambuló sin propósito. Sin seguir un rastro definido. Sus pasos lo llevaron hasta la tumba de Panela. La grieta infame que él mismo le había socavado a la tierra. Estaba vacía. Contempló el hoyo huérfano un rato y continuó la pesquisa. No consiguieron atrapar a la alimaña. Aquella noche Ed no durmió. Su mente estaba concentrada en el boquete pelón.

Al amanecer Ed ensilló y partió hacia la feria de Jal como cada año.

Dos días después mandó pedir a Fran. Había comprado cuatro caballos y requería de apoyo.

Cómo acompleta tanto animal, se preguntó Augusto, si la región atraviesa una mala racha.

Mientras Ed cerraba los tratos, Imabelle decidió ir al pueblo por estambre para Clarita. La única bestia ensillada era Panela. A estas alturas había dejado de temerle al animal. Lo montó y salió rumbo al pueblo.

El cielo estaba nublado. A medio camino se desató un aguacero. Un rayó cayó a dos metros de Panela. El animal relinchó, se alzó sobre sus dos patas, tiró a Imabelle y la mató.

El sacerdote le dio la noticia. Lo esperó a la entrada del pueblo. Ed salió a todo galope hacia su propiedad. Se apeó del caballo y entró por la escopeta y varios cartuchos.

No, papá, gritó Clarita.

Pero no se detuvo.

La yegua había regresado sola a la finca después de matar a Imabelle. La encontró pastando en la caballeriza. Tomó la rienda y la condujo hasta la tumba.

Al cabo ya está preparada, pensó al apuntarle. Ya conoces tu sepulcro, le dijo a la yegua y le disparó.

Pero el animal no cayó. Cargó de nuevo el arma y volvió a disparar. Y la bestia seguía sin caer.

Pos cuántas vidas tiene un caballo, gimió.

Vació la escopeta por tercera vez en el animal. Continuaba de pie. Jija de satanás, chilló. Corrió hacia el rancho desquiciado. Se le afiguraba que la yegua se le escaparía. Tomó el galón de petróleo y montó en su caballo. Galopó con desespero. Cuando llegó a la tumba la yegua continuaba en su sitio. La roció con petróleo y le arrojó un cerillo. El animal comenzó a arder y se alejó corriendo hasta perderse en la distancia.

Enterraron a Imabelle en la tumba de Panela.

La quiero cerca del rancho, imploró Ed.

Varias noches después, Clarita y Ed cenaron en silencio. Y sin mediar palabra se retiraron a dormir. A media noche, Ed escuchó el galope. Pegó un brinco y por la ventana repartió escopetazos sin economizar. Fue hasta la estancia. Al encender las luces descubrió a Clarita mirando por la ventana.

¿Lo oíste?

Sí, papá, lo oí.

El caballo fantasma, dijo Ed. Cuándo nos irá a dejar en paz.

No es ningún caballo, dijo Clarita. Es el espíritu de mamá.

Esta obra se imprimió y encuadernó
en el mes de abril de 2025,
en los talleres de Impregráfica Digital, S.A. de C.V.,
Av. Coyoacán 100–D, Col. Del Valle Norte,
C.P. 03103, Benito Juárez, Ciudad de México.